別太努力做到好

너무 잘하려고 애쓰지 마라

別太努力
做到好

作者　羅泰柱

有時出錯，有時生疏

　　但你仍是值得被愛的人。

가끔은 실수하고 서툴러도
　　너는 사랑스런 사람이란다.

——摘自〈孩子啊〉

在無法回頭之路

　　我們真的走了很遠、很遠。這如同沙漠般茫然的人生旅程真是走了好久又好久，如今只剩淒涼的心情。這是無法回頭的道路，不，其實是連想回去也不想回去的路途，不想再次經歷童年時期、年少時期，也不想再次回到貧窮匱乏，寒冷孤寂，再次感受惋惜與失去，索然無味的日子。

　　但即便如此，即使這樣。現在你的手上還拿著一本詩集，是多麼值得慶幸的事！歲月匆匆，這是我的第四十九本詩集了，乍聽似乎有些瘋狂，但說也沒錯，不瘋狂點怎麼能算是人生呢，或許所謂的詩就是這般存在，希望各位能以寬容的心看待。

　　這本詩集比起以往的篇幅更有分量，相信讀者們會有些意外，這本詩集的厚度好比輕小說或是散文集，因為承載了我的心意、焦急、惆悵、惋惜等多種心情，還請讀者們多加包容。最後祝福各位，不分你我，在旅行於地球村的疲憊旅途裡，每一天都和平喜樂，願各位好運相伴。

2022 年新綠之季
羅泰柱

目錄

第二章
別太努力

第一章

沒關係的

今日

嘿，該上床睡覺了
今天很圓滿
充分值得了

妻子回到她的房
看著電視入睡
我回到我的房間，讀書讀至睡意來臨

希望我們明天還能相見
今天，再會了！
妻子的房傳出微弱鼾聲，睡著了
我在我的房，進入夢鄉

仔細想想這也是可歌可泣的曲折
有些哀戚的處境
有點惋惜的處境

不過今天已經很棒，很美麗了
我們以後還能一同度過
多少個這樣的夜晚呢！

오늘 하루

자 오늘은 이만 자러 갑시다
오늘도 이것으로 좋았습니다
충분했습니다

아내는 아내 방으로 가서
텔레비전 보다가 잠들고
나는 내 방으로 와서 책 읽다가 잠이 든다

우리 내일도 만났으면 좋겠습니다
자 오늘도 안녕히!
아내는 아내 방에서 코를 조그맣게 골면서 자고
나는 네 방에시 꿈을 꾸며 잠을 진다

생각해보면 이것도 참 눈물겨운 곡절이고
서러운 노릇이다
안타까운 노릇이다

오늘 하루 좋았다 아름다웠다
우리는 앞으로 얼마 동안
이런 날 이런 저녁을 함께할 것인가!

問安

就寢時，晚安
晨起時，早安
我對妻子的問安

有時我也會朝著已入睡的她
一邊走回我的房間
一邊向她道晚安

她偶爾也會失眠
我向看著電視的她
道聲晚安

這些問安
能持續到何時？
早晨甦醒時也要說聲，早安！

안녕

저녁에 잘 때 안녕
아침에 깨어서도 안녕
아내에게 하는 인사

더러는 잠든 아내를 향해
혼자 내 방으로 자러 가면서
하기도 하고

불면증으로 잠이 멀어
텔레비전을 보고 있는
아내에게도 하는 인사

언제까지 그 인사가
이어지기나 할 것인지?
아침에 깨어서도 안녕!

縱然如此

當今的人們，無論是誰
總說著活得好苦、好累、好艱難
甚至發怒

但在難熬的時代
我們應當依靠的話語
和抱持的心態是「縱然如此」

縱然如此，我們
還是得吃飯
還是得睡覺，還是得起身工作

縱然如此，我們
還是要無私付出愛
稍微咬緊牙根忍耐

最重要的是
別鬆開期盼之繩
別放棄踮起腳尖等待的心

那正是黎明再臨的原因
那正是春日與秋日，四季更迭的緣故
也是孩子們與我們共生共存的理由

그럼에도 불구하고

지금 사람들 너나없이
살기 힘들다, 지쳤다, 고달프다,
심지어 화가 난다고까지 말을 한다

그렇지만 이 대목에서도
우리가 마땅히 기댈 말과
부탁할 마음은 '그럼에도 불구하고'

그럼에도 불구하고 우리는
밥을 먹어야 하고
잠을 자야 하고 일을 해야 하고

그럼에도 불구하고 우리는
아낌없이 사랑해야 하고
조금은 더 참아낼 줄 알아야 한다

무엇보다도 소망의 끈을
놓치지 말아야 한다
기다림의 까치발을 내리지 말아야 한다

그것이 날마다 아침이 오는 까닭이고
봄과 가을 사계절이 있는 까닭이고
어린것들이 우리와 함께하는 이유이다.

願望

今天又無法完成該做的事
就入睡了
不，是沒能全部實現今天想做的事
就這樣入睡了

待我離開世界的那一天
是否會因為無法完成
想在這個世界實現的事而依依不捨
不斷回首，不斷眷戀
就這樣閉上雙眼呢？

但是，今天先上床入睡
而沒能做完的事
將成為我明日的願望
我在這個世界無法完成的事
所遺留的那些事物
也將成為他人的願望
而我不得而知

소망

오늘도 하던 일 마치지
못하고 잠이 든다
아니다 오늘도 하고 싶었던 일
다 하지 못하고 잠이 든다

이다음 나 세상 떠나는 그날에도
세상에서 하고 싶었던 일
다 하지 못하는 섭섭함에
뒤돌아보며 뒤돌아보며
눈을 감게 될까?

하기는 오늘 다 하지 못하고
잠드는 일, 그것이
내일 나의 소망이 되고
내가 세상에서 다 하지 못하고
남기는 그 일이 또한
다른 사람의 소망이 됨을
나는 결코 모르지 않는다.

仍有生命的枯葉

小時候我和外婆兩人
守著簡陋的木屋居住
秋日漸深，後院籬笆
枯葉沙沙騷動的聲音
每至夜晚愈是作響
枯葉在風中搖曳的聲響
總讓我覺得，那團枯葉
就像人類般活著
枯葉摩擦如呼吸般起伏
現在回憶起來
不就是如此嗎？
在我身體的某個深處
蟄伏多時，甦醒後傳來的
枯葉迎風摩擦的聲音
透過乾咳幾聲打聲招呼，做個朋友吧

가랑잎은 살아 있다

어려서 외할머니랑 둘이서
오두막집 꼬작집 지켜서 살 때
가을만 깊어지면 뒤뜰 울타리에
가랑잎 부시럭대던 소리
밤중에는 더욱 크게 들리던
가랑잎 바람에 맨살 부비는 소리
아무래도 나는 가랑잎이
사람들처럼 살아 있어
가랑잎이 숨 쉬는 소리라 여겼는데
이제 와 돌이켜보니 과연 그건
그런 게 아닌가 싶은 생각
내 몸의 저 깊은 곳 어딘가에
숨어 있다가 살아서 들려오는
가랑잎 바람에 몸 부비는 소리
마른기침으로 친구하자 알은체한다.

我的妻子　　　　나의 아내

這位特別的女人　　　특별한 여자
我想向各位介紹她　　한 사람을 소개합니다

一輩子守護著　　　　평생 한 남자의
另一個男人一生的女人　인생만을 지킨 여자

那位女人　　　　　　그 여자가 바로
就是金成藝[1]　　　　김성예랍니다.

---

1 金成藝（音譯），羅泰柱詩人的妻子，兩人結髮超過 50 餘年。

不成材的兒子

在夢裡與母親相會
越過重重阻礙
坐在她的身邊
我們聽著無名歌手的高唱
一同度過須臾
旁邊坐著青洋姊姊
我遞給她微薄的零用錢
隨後也想給母親
寬裕的零用錢
但無論如何翻找包包
剛才明明還在的信封袋
卻不見蹤影
我焦急地翻遍包包
卻尋不著那裝錢的信封袋
結果一分錢也沒有獻給母親
就自夢裡清醒

母親在那個國度裡
身無盤纏該如何過活
我連在夢裡
都是個不成材的兒子
但至少母親的臉龐
流露出安詳平靜的模樣
她在那個國度
似乎過得不錯
雖遺憾自己的缺失，卻也心滿意足了

못난 아들

꿈속에서 어머니를 뵈었다
이러저러한 고비를 넘어
어머니 옆자리에 앉아
무명가수의 열창을 들으며
함께 즐거워했다
앞자리에 청양 누이가 앉아 있어
누이에게 작은 용돈을 주고
이어서 어머니에게 좀
넉넉한 용돈을 드리려고
가방을 뒤졌으나
분명 아까까지만 해도 있던 돈 봉투가
보이지 않는 거였다
애가 타서 가방을 뒤져
돈 봉투를 찾다가 그만 어머니에게
용돈 한 푼도 드리지 못하고
꿈을 깨어버렸다

어머니 그 나라에서
용돈이 궁해서 어떻게 지내시나
이렇게 나는 꿈속에서까지
못난 아들입니다
그래도 어머니 신색이 편하고
좋게 보여 그나마 좋았습니다
그 나라에서 지내시기
나쁘지 않은 것 같아
섭섭한 가운데서도 좋았습니다.

少年啊，帶著微小的夢想吧

前去北海道旅行時
見到北海道大學校園裡的銅像
上頭寫了這句話
Boys, Be Ambitious

一百多年前自美國渡洋到日本
教導莘莘學子的克拉克博士
他在歸國前，留下這句話
少年啊，胸懷大志吧

我知道這句話
即便不明白真切意涵
也長久縈繞我心頭
但真的如此嗎？

我想要修正這句話語

少年啊，帶著微小的夢想吧
心懷微小的夢，並且實踐它
那才是你真正的成功

소년이여 조그만 꿈을 지녀라

북해도 여행 갔다가 보았다
홋카이도대학교 교정에 세워진 동상
동상 앞에 쓰여진 문장
보이즈 비 앰비셔스

백 년도 훨씬 전 일본 젊은이들 가르치려고
미국에서 왔던 클라크란 사람이
제 나라로 돌아가면서 남겼다는 문장
소년이여 대망을 가져라

물론 나도 그 말을 알고 있다
뜻을 제대로 알지도 못하면서
가슴에 오랜 세월 새기며 살았다
과연 그런가?

나는 이제 그 문장을 고쳐서 말하고 싶다

소년이여 조그만 꿈을 지녀라
조그만 꿈을 지니고 끝내 그 꿈을 이루어라
그것이 진정으로 그대의 성공이다.

痛

胸口悶痛，氣喘吁吁
我自夢裡暫離
睜開眼睛
某處傳來
落葉乾涸的味道
刺鼻又嗆口
讓我想起背景襯有山丘的
低矮茅草小屋
透出黃土色澤的深褐色
光亮暈染蔓延
一旁有幾座圓乎乎的墓地
墓邊閃爍些許天光
花梗與花莖
在秋日鬆軟的草叢間
盛開綻放
輕柔搖擺晃動
我大口呼氣
像往漏氣的氣球內
吹進氣息
填滿身體
胸口的痛，逐漸冷卻
我再次閉上眼睛

통증

가슴이 아파 숨 쉬기 버겁다

살며시 잠에서 빠져나온다

실눈을 뜨고 본다

어디선가 가랑잎

마르는 냄새가 나는 것 같다

매캐하다

언덕을 배경으로

낮은 초가지붕 오막집이 떠오른다

황톳빛 진한 갈색이다

빛깔이 주변으로 번져나간다

둥그스름 무덤 몇 개가 보인다

무덤가에 연한 하늘빛

무릇 꽃대 가는 꽃대

가을 푸스스한 풀섶 사이

피어 있다

가들가들 흔들린다

자꾸 숨을 쉬어본다

바람 빠진 고무풍선에

바람을 넣은 것처럼

몸이 조금 채워진다

가슴의 통증이 조금 가라앉는다

다시 사르르 눈을 감는다.

電話問候　　　안부 전화

你在哪裡？

你跟誰在做什麼呢？

以前我們總是這樣彼此問候

但是最近

卻是這些對話

近日無恙吧？

嗯，我也

無恙

지금 어디에 있어요?

누구하고 무엇 하고 있나요?

예전엔 그렇게 물었는데

요즘은 다만

이렇게만 묻고 말한다

별일 없지요?

네, 이쪽도 아직은

별일 없어요.

口罩　　　　　　마스크

區隔了你我　　　너와 나를 가른다

不　　　　　　　아니

是使我們團結　　너와 나를 합하고

救活了你我　　　너와 나를 살린다.

再次疫情之後

快速流經

不曾停下的

畫面，在某天

停止，如暫停畫面

緩慢如慢動作影片

遲緩播映

讓人訝異的是

那些快轉畫面裡未曾發現的事物

卻在靜止、緩慢的畫面裡

重新被看見！

令人訝異

我的愚笨

我的生疏

我的小氣與任性

那被鄉下奶奶們

稱作可樂病的

新冠肺炎 2

讓我們重新認清自己

遂懂事成熟

---

2 「新冠肺炎（Corona-19）」韓文譯為「코로나-19」與韓文可樂「콜라」音近。

다시 포스트코로나

빠르게 미끄럽게

거침없이 흘러가던

화면이 어느 날

멈칫 정지 화면이 되더니

천천히 슬로비디오로

흐르는 거였다

그런데 놀라워라

빠른 화면에서 보지 못하던 것들을

정지 화면 느린 화면에서

새롭게 보다니!

놀라워라

부끄러워라

나의 어리석음

나의 어설픔

나의 옹졸함과 사악함까지

시골 할머니들

콜라병이라고 부르는

코로나19가 우리를

새롭게 철들게

하는 것이었다.

後疫情時代的我們

新冠肺炎，歷經新冠肺炎之後
我們有了
端詳彼此雙眼
用眼神交談的習慣

人與人之間
心的距離更加靠近
變得溫暖

拍照的時候也被吩咐要笑開一些
即使口罩遮掩住口鼻
只要一笑，照片也會跟著被點亮

說不定，山群也會看著彼此
笑著談天說地
江水與樹木
也同樣帶著笑

코로나 이후

코로나, 코로나19가 생긴 뒤로는
서로가 눈을 들여다보면서
눈으로 말하는 버릇이 새로
생겼어요

사람과 사람 사이
마음이 더 가까워지고
따뜻해졌어요

사진을 찍을 때도 웃으라 해요
마스크로 입과 코를 가렸는데도
웃으면 사진이 환해진나 그래요

어쩌면 산들도 서로 바라보며
웃으며 얘길 나누고
강물이나 나무들도
그건 그럴 거예요.

松葉牡丹

低矮之花
躺臥在土地盛開之花

但仍喜愛太陽
一見太陽高掛，隨即露出微笑的花

風起，那些高大的花兒
像那向日葵或波斯菊，被吹得低下身子

早已躺臥在地
無法更貼近地面的花

跌到地上了嗎？
那就撐住地面，再次起身吧！

花兒們靜靜地
循循善誘人們

채송화

난쟁이 꽃
땅바닥에 엎드려 피는 꽃

그래도 해님을 좋아해
해가 뜨면 방글방글 웃는 꽃

바람 불어 키가 큰 꽃들
해바라기 코스모스 넘어져도

미리 넘어져서 더는
넘어질 일 없는 꽃

땅바닥에 넘어졌느냐
땅을 짚고 다시 일어나거라!

사람한테도 조용히
타일러 알려주는 꽃.

致失敗的你

你在生氣嗎？

今天好像失敗了

你對自己生悶氣嗎？

也是有這種時候呢

有時我們厭惡自己

憎恨自己

不過

希望你別太譴責自己

即使討厭自己

也別永遠不再喜歡自己

仔細想想

這不全然是你的錯

世上種種，人類之間所發生的事

全都無法

單靠一個人的力量

成就

你不也知道嗎？

就只是諸多雜事混雜一塊

才成為現在的這副模樣

嚐到失敗滋味的那天，氣得鬧彆扭

但也別持續到隔日

只到當晚十二點為止

我希望你生氣到那時就好

明天是全新的一天，從零開始的一天

明天的你也是全新的你

從零誕生的你

期望你銘記在心

記得我們明天要笑著相見

실패한 당신을 위하여

화가 나시나요

오늘 하루 실패한 것 같아

자기 자신에게 화가 나시나요

그럴 수도 있지요

때로는 자기 자신이 밉고

싫어질 때도 있지요

그렇지만 너무 많이는

그러지 마시길 바라요

자기 자신을 미워하더라도

끝까지는 미워하지 마시길 바라요

생각해보면 모두가 다

당신 탓만은 아니에요

세상일이란 인간의 일이란

그 무엇 하나도 저절로

저 혼자만의 힘으로는

되지 않는다는 걸

당신도 잘 아시잖아요

여러 가지 일들이 서로 만나고

엉켜서 그리된 거예요

실패한 날 화가 나더라도

내일까지는 아니에요

밤으로 쳐서 열두 시까지만

그렇게 하시길 바라요

내일은 새로운 날 새로 태어나는 날

내일은 당신도 새로운 사람이고

새로 태어나는 사람이에요

부디 그걸 잊지 마시길 바라요

내일 우리 웃는 얼굴로 만나요.

樹蔭之下

孩子獨自玩耍
揹著幼稚園書包
獨自在樹蔭底下玩耍

他興奮地跑來跑去
雀躍地繞著圈子轉
但這樣不好吧
不能任由孩子獨自玩耍

然而啊
那邊有張長椅
坐著一名年輕女子
看顧孩子

孩子並非從一開始
就在樹蔭下遊玩
而是在母親的庇護下玩樂

그늘 아래

아이 혼자 놀고 있다
유치원 가방 등에 메고
나무 그늘 아래 혼자 놀고 있다

폴짝폴짝 뛰기도 하고
빙글빙글 돌기도 하고
저러면 안 되는데
아이 혼자 놀면 안 되는데

그러면 그렇겠지
저만큼 벤치 위에
아이를 바라보며
젊은 여자 하나 앉아 있다

아이는 처음부터
나무 그늘 아래 노는 게 아니라
엄마의 그늘 아래 노는 거였다.

食欲

食欲是生命的欲望
生命的頌讚
想吃的時候就吃
盡情地吃
但也莫食過量
長胖長肉了

飲酒是浪漫的起源
有天旋地轉的世界
有繽紛閃亮的天空
能喝的時候盡情喝
但也別變成濫飲的酒鬼

我祝福你的食欲
我讚揚你的酒欲
雖然對不起提供血肉的獸隻
但在你能吃肉時，大口吃吧
因為總有一日
要吃也吃不下的日子會來臨

식욕

식욕은 삶의 의욕
삶의 찬가
먹고 싶을 때 먹어라
마음껏 먹어라
그렇다고 너무 많이 먹어서
뚱보가 되지는 말아라

술 마시는 건 낭만의 시작
빙글빙글 돌아가는 세상이 있다
눈부시게 보이는 하늘이 있다
마실 수 있을 때 실컷 마셔라
그렇다고 술주정뱅이가 되지는 말아라

너의 식욕을 축복한다
너의 음주를 찬양한다
고기를 주는 짐승들에게 미안한 일이지만
고기도 먹고 싶을 때 먹어둬라
언젠가는 먹으라 해도
먹지 못할 때가 온단다.

新冠肺炎 1　　　코로나 1

無車上街的路　　　자동차 없는 거리
無人拜訪的店　　　손님 끊긴 가게며
喫茶店、超市　　　찻집이며 슈퍼마켓
以及沒有孩子的校園　　　더구나 아이들 없는 학교
杳無人跡的巷弄　　　인적 없는 골목

自以為是的人們　　　그렇게 잘난 척하더니만
被細小得看不見　　　눈에 보이지도 않는
微乎其微的生命體　　　조그만 생명체에게
絆住了腳踝　　　발목을 잡힌 인간들

這個多雨的夏天　　　여름에는 너무 많은 비가 내려
大家受了很多苦　　　고생 고생이더니
到了寒冷的冬天　　　겨울엔 날씨까지 추워
也繼續受著苦　　　고생이 많다.

新冠肺炎 2　　　코로나 2

地球爺爺　　　지구 할아버지
很抱歉　　　죄송해요
我們太過隨心所欲　　　우리가 제멋대로 살아서
染上了惡疾　　　몹쓸 병이 생겼어요

真的令人非常害怕　　　무지 무서워요
老人家們　　　노인들은 더욱
更是岌岌可危　　　위험하다 그래요
地球爺爺　　　지구 할아버지도
你也要當心喔　　　조심하세요.

我

寶石
假的寶石
垃圾

直到目前為止
我所寫的詩，究竟為何？

나에게

보석
가짜 보석
쓰레기

그중에 지금껏 내가 쓴
시들은 무엇일까?

年紀　　　　　　　　　　나이

孩子看見孩子　　　　　　아이가 아이를 보면
開口問對方幾歲　　　　　몇 살이냐고 묻고

奶奶看見孩子　　　　　　할머니도 아이를 만나면
也開口問他幾歲　　　　　몇 살이냐고 묻는다

孩子想著　　　　　　　　아이는 제 나이와
對方是否與自己年紀相同　같은가 알아보려고 그러고

奶奶想著　　　　　　　　할머니는 손자 나이와
對方是否與孫子年紀相同　다른가 알아보려고 그런다.

那個孩子

表面上你成熟穩重，落落大方
但內心深處
卻住著一名幼小又柔弱的孩子

他因小事而慌亂
因幾句話語就受傷
那名天真單純的孩子，住在你心

那孩子如草葉上折射陽光的晨露
也如被風吹動的
五月新生嫩葉

今年也希望
你帶領那個孩子
好好生活

別嚇著他
別將他丟在世界的角落
更不要告訴他那些悲傷鬱悶的故事
勿讓他畏縮怯懦

盡可能告訴他美麗正向的故事
輕聲絮語，步履輕盈
並肩走至一年的尾端

走在新綠的草地，步行唯美的沙灘間
願能如活蹦亂跳的幼鳥步伐
那般輕鬆自在活過每一天

그 아이

겉으로 당신 당당하고 우뚝하지만
당신 안에 조그맣고 여리고 약한
아이 하나 살고 있어요

작은 일에도 흔들리고
작은 말에도 상처받는 아이
순하고도 여린 아이 하나 살고 있어요

그 아이 이슬밭에 햇빛 부신 풀잎 같고
바람에 파들파들 떠는
오월의 새 나뭇잎 한 가지예요

올해도 부탁은 그 아이
잘 데리고 다니며
잘 살길 바라요

욱박지르지 말고
세상 한구석에 떼놓고 다니지 말고
더구나 슬픈 얘기 억울한 얘기
들려주어 그 아이 주눅 들게 하지 마세요

될수록 명랑하고 고운 얘기 밝은 얘기

도란도란 나누며 걸음도 자박자박

한 해의 끝 날까지 가주길 바라요

초록빛 풀밭 위 고운 모래밭 위

통통통 뛰어가는 작은 새 발걸음

그렇게 가볍게 살아가주길 바라요.

刷牙到一半

別認為
自己是健康的人
想著自己是帶有病痛之人

別認為
自己是面全新的鏡子
想著自己是懷著裂縫的鏡子

別認為
自己是名成功人士
想著自己是名敗者

別認為
自己是個有家的人
想著自己是個無家可歸者

世事瞬息萬變
所愛之人瞬間變得更加惹人憐愛
而自己卻更加可憐，眼淚都要奪出眼眶

이를 닦다가

자기가 건강한 사람이라고
생각하지 말고
아픈 사람이라고 생각해보자

자기가 새 거울이라고
생각하지 말고
깨진 거울이라고 생각해보자

자기가 성공한 사람이라고
생각하지 말고
실패한 사람이라고 생각해보자

자기가 집이 있는 사람이라고
생각하지 말고
집이 없는 사람이라고 생각해보자

세상이 대번에 달라질 것이다
사랑하는 사람이 더욱 사랑스럽고
자기까지 불쌍해져 눈물 글썽여질 것이다.

通往世界

早上起床
漸漸成為一件辛苦的事
但還是要起床
得起來開始新的一天
就像一台
難以發動的
老車那樣
嗡嗡作響，終於發動
這樣下去總有一天
將迎來無法發動的日子
不過在那之前
也要努力活著
就像拖著那台老車
邁向世界那樣

세상 속으로

아침잠에서 깨어
일어나기가 점점 힘들어진다
그래도 일어나야지
일어나 하루를 시작해야지
마치 오래 묵은 자동차
시동이 잘 안 걸리는 거나
마찬가지다
부릉부릉 겨우 시동이 걸린다
이러다가 언젠가는 아주
시동이 안 걸릴 때가 올 것이다
그래도 그때까지는
열심히 살아야지
오래 묵은 자동차를 끌고 가듯
세상 속으로 들어간다.

內傷

　　讓羅馬英雄凱薩死去的不是敵軍，而是他在這世上最親近、最信任，待如子女般的布魯圖斯。當布魯圖斯舉起刀時，凱薩並未抵抗。被視如己出的人舉刀殺死的凱薩，平靜地斷了氣息。因為布魯圖斯如同他的分身，這般悲劇稱為內亂或稱作內傷。這種情況毫無對策可言，最好的方法，就是一生都不要結識像布魯圖斯的人。我揣想自己會是誰的布魯圖斯，誰又是我的布魯圖斯？我承認，像我這樣過著拙劣人生的人，要得到兒女的尊敬，獲得妻子的信賴，是世上最困難的事了。

내상

　로마의 영웅 카이사르를 죽게 한 것은 적군이 아니었다. 세상에서 가장 가까웠던 사람, 가장 아꼈던 사람, 자식같이 믿었던 사람, 브루투스에 의해서였다. 브루투스가 칼을 들었을 때 카이사르는 그 칼을 거부하지 않았다. 아들 같은 사람의 칼을 맞고 카이사르는 고요히 숨을 거두었다. 브루투스가 자신의 분신이었기 때문이다. 이런 걸 내란이라고 하고 내상이라고 부른다. 그 어떤 방법으로도 해결할 길이 없다. 보통 사람들도 일생을 두고 브루투스 같은 사람을 안 만들고 사는 것이 상책이다. 나는 대체 누구의 브루투스였으며 나에겐 또 누가 브루투스였을까? 나같이 졸렬한 인생을 산 사람도 아들딸들에게 존경받고 아내 되는 사람에게 신뢰받기가 그 어떠한 일보다 어려운 일이었음을 고백한다.

星星

　　星星距離我們很遙遠，看起來渺小且沒有溫度，但它仍是星星，不會因為它又遠又小，還很冰冷就不是星星，也不代表這個世界就沒有星星。

　　我們都要擁抱星星，哪怕是用含淚的雙眼也要直視星空，要瞞著他人將星星埋藏於心，別因星星看似渺小、冷漠又疏離就不去擁抱它。

　　若是有人將一顆星星放在心中，那將會是美麗又長久的人生，若非如此，那麼人將會走上漫無目的的人生道路，盲從跟著眾人，過上不是自己的人生。

　　兒子，你人生最大的失誤就是沒有從小將星辰懷抱心中！該怎麼辦才好，看來是我沒有引導你將你的星納入懷中，我感到後悔莫及。

별

별은 멀다. 별은 작게 보인다. 별은 차갑게 느껴진다. 그렇지만 별은 별이다. 멀리 있고 작게 보이고 차갑게 느껴진다고 해서 별이 아닌 건 아니고 또 별이 없는 건 절대로 아니다.

별을 품어야 한다. 눈물 어린 눈으로라도 별을 바라보아야 한다. 남몰래 별을 가슴속에 품고 살아야 한다. 별이 작게 보이고 별이 차갑게 보이고 별이 멀리 있다고 해서 별을 품지 않아서는 정말 안 된다.

누구나 자기의 별을 하나쯤은 마음속에 지니고 사는 것이 진정 아름다운 인생이고 멀리까지 씩씩하게 갈 수 있는 삶이다. 그렇지 않을 때 그 사람은 흘러가는 삶을 살 수밖에 없다. 남을 따라서 흉내 내는 삶을 살 수밖에 없다.

아들아, 네 삶의 일생일대 실수는 어려서부터 네가 너의 별을 갖지 않은 것! 어쩌면 좋으냐. 내가 너에게 너의 별을 갖도록 안내해주지 못한 것부터가 잘못이었구나. 후회막급이다.

早逝

　　早逝，形容早一步離開世界的人。並且是那些身懷才華，擁有無限潛能的人拋下世界後，這些留在世上的人出於惋惜所發出的感嘆詞。

　　若拿樹木做比喻，就是那些極具生命力的樹木，或是開滿花果的大樹因風雨而折斷樹幹，抑或是被連根拔起的情況。

　　不過早逝卻是減少在世上犯錯的唯一途徑，早逝的人提早拋下世界離開，剩下的人們因為心疼無比，而將這份心疼最終延伸為美麗的稱讚。

　　如此看來，早逝也是一種幸運，更是一種機會。看到那些應該早點離世卻長壽的人犯下許多錯誤時，總感到羞恥與痛苦。

　　我也應當思考一下，自己是否也成為了讓人感到恥辱與痛苦的人，是否苟延殘喘地在地球活得太久了。

요절

일찍 세상을 떠난 사람을 이르는 말. 그것도 재주 있고 장래성 있는 사람이 일찍 세상을 버렸을 때 아까워서 안타까워서 한탄 삼아 하는 말.

나무로 친다면 싱싱하게 물이 올라 자라는 나무거나 꽃을 피운 나무거나 열매를 매단 나무가 비바람에 꺾이거나 뿌리 뽑힌 것을 이르는 말이다.

하지만 요절은 세상에서 그가 저지를 수 있는 실수를 보다 많이 줄일 수 있는 유일한 길. 그때 그 사람이 세상을 일찍 버렸으므로 뒤에 남은 사람들이 그를 애석해하고 그 애석함이 끝내 아름다움이 되고 칭찬으로 남기도 한다.

그렇다면 요절은 행운이고 기회일 수 있다. 정말로 좀 일찍 세상에서 떠났으면 좋았을 사람이 너무 오래 살아남아 너무 많은 실수를 하는 걸 본다는 건 치욕이고 고통이다.

나도 누군가에게 그런 치욕과 고통을 주는 사람으로 힘겨워 헐떡이는 지구에 너무 오래 빌붙어 사는 목숨인지 심각히 한번 생각해볼 일이다.

閉上雙眼

我感受著
痛楚拜訪了哪裡

從指尖開始
爬上手臂
走過胸口
攀至大腦
它如回到自己家中
遊走我身的每一處

我將注意力轉往美好的事物
浮現孩子們可愛的臉龐
細數剩下的時日
疼痛緩緩垂下尾巴
它失去興趣了嗎
並非如此
它又再度找上我

我閉上雙眼
感受痛楚消退到了何處

눈을 감고

아픔이 어디만큼
왔는지 본다

손끝으로 왔다가
팔뚝을 타고 올라와
가슴을 지나서
머리까지 온다
이제는 제집인 양
온몸을 휘젓고 다닌다

그래도 나는 좋은 일을 생각한다
예쁜 이이 얼굴을 띠올리고
내게 남겨진 날들을 챙겨본다
아픔이 조금씩 꼬리를 내린다
이제 가려는가
하지만 아픔은 이내
다시 나를 찾아올 것이다

눈을 감고 아픔이
어디까지 갔는지 본다.

幸好

小時候
得到大人的祝福是很珍貴之事
老了後
得到孩子的祝福成為了另一件珍貴之事
在我孩提時期
並沒有得到許多
來自大人的祝福
那個有點可憐的孩子
幸好在老了之後
得到了許多孩子們的祝福
真是太好了

그나마

어려서는
어른들로부터 받는 축복이 귀하고
늙어서는
아이들로부터 받는 축복이 귀한데
나는 어려서
어른들로부터 축복을
많이 받지 못하고 자랐다
조금은 안쓰러운 아이
그나마 늙은 다음, 더러
아이들로부터 축복을 받으니
다행스런 일이다.

涙痣	눈물점
上唇右側臉頰	윗입술 오른쪽 볼 위에
藏了一顆涙痣	숨어 있는 눈물점
從小至今	어려서부터 오늘까지
跟著我的涙痣	나를 따라다닌 눈물점
它不是飲著涙	눈물을 먹고 자란
長大的痣	점이 아니라
而是等待眼涙	눈물을 기다리며 늘
口乾舌燥的眼涙痣	목이 마른 눈물점
愛我的人們	나를 사랑한 이들은
全都擔心那顆眼涙痣	한결같이 눈물점을 걱정했고
我也必須	나의 눈물 많음을 또
一直一直，愛著我那豐沛的涙水	오래도록 사랑해야만 했다.

晨昏定省

母親
手機電話簿裡
無法刪除的母親的電話號碼
我忽地想起並按下通話鍵
這才，停止

母親
妳離開之後沒有多久
這個世界怎麼變得一團亂了
名為新冠肺炎的傳染病肆虐
人類的生命宛如有期徒刑

母親
幸好當妳在世時，世界還算美好
花朵如期盛開，鳥兒恣意啼叫
母親，願妳在那個國度
安然自在

문안 인사

어머니
핸드폰 연락처에서
지우지 못한 어머니 전화번호
문득 찾아서 전화 걸려다가
멈칫, 합니다

어머니
어머니 가신 뒤 얼마 지나지 않아
세상이 엉망진창이 됐지 뭡니까
코로나란 역병이 번져
사람 사는 형편이 징역살입니다

어머니
세상에 계실 때가 그래도 좋았어요
꽃 피고 새도 울던 좋은 세상이었어요
어머니 그 나라에서 부디
평안하시길 빕니다.

疫情時代　　　　코로나 시대

戴上口罩　　　　　　마스크 쓰고
只露出雙眼與眉毛　　눈과 눈썹과
還有額頭　　　　　　이마만 남겼으니
都很漂亮　　　　　　다 예쁘다
真是漂亮　　　　　　그냥 예쁘다.

眉毛美人　　　　　눈썹 미인

疫情席捲之後　　　　코로나 이후

街上的女孩們　　　　거리에서 만나는 여인들은

一個個都是眉毛美人　눈썹 미인

額頭美人　　　　　　이마 미인

口罩將口鼻與臉頰　　마스크로 입과 코와 볼

全都遮掩　　　　　　모두 가려서

只剩雙眼綻放笑容　　눈으로만 웃어요

透過眉毛對話　　　　눈썹으로 말해요

街上遇見的　　　　　거리에서 만나는

女孩們全都是　　　　여인들은 모두가

額頭美人　　　　　　이마 미인

眉毛美人　　　　　　눈썹 미인.

鏡子	거울
早晨梳洗	아침에 세수하다가
望向鏡子	거울을 볼 때마다
父親正看著我	아버지가 나를 보고 계신다
而且是老了的父親	그것도 늙은 아버지.

嘴裡的春天　　入속의 봄

今年妻子　　　　올해도 아내가
也頂著寒風挖掘　　찬바람 속에 캐온

稚嫩的野蒿　　　어린 개망초
食用的野蒿　　　개망초 나물

與辣椒醬攪拌後　　고추장에 버무려
香辣的滋味　　　맵싸한 맛

在我嘴裡　　　　내 입속에도
捎來春日　　　　봄이 왔다가 간다.

處罰

寫字或拾起筷子時
右手拇指
關節處經常發疼
令人厭煩又痛苦
甚至到睡前
仍隱隱作痛

對啊，我不是說過
別過度使用
那隻手指與手腕
寫了太多字
打了太久的電腦
也用鋤頭幹了太多活

這是肉體給我的處罰
孩子別忘記
你的身體
雖然時常發病、惹你生氣
但它的存在是件值得感恩的事

벌

글씨를 쓰거나 젓가락질할 때마다
오른쪽 엄지손가락
관절 관절이 아프다
성가시고 괴롭다
때로는 잠자리에 누워서까지
아프다

그러게 내가 뭐라 했더냐
그 손가락과 손목 적당히
써먹으라 하지 않았더냐
글씨를 너무 많이 쓰고
컴퓨터 타자기 너무 오래 두드리고
호미질도 요즘엔 너무 많이 한 게야

육체가 나에게 벌을 내린다
얘야 너에겐 몸이란 것이 있다는 걸
잊지 말아라
아프고도 성가신 일이지만
한편으론 고마운 일이다.

人生 1

인생 1

父親囑咐我別走那條路
而我走了過來

아버지가 가지 말라는 길로
걸어온 나

我囑咐他別往那條路去
而兒子正走過去

내가 가지 말라는 길로
가고만 있는 아들

最終，那將可能成為
同一條道路

끝내는 하나의 길이
되기도 한다.

人生 2

인생 2

騎著自行車
在同一個地方摔了兩次
磨破了膝蓋

자전거를 타고 가다가
같은 장소에서 두 번이나
넘어져서 무릎을 깼다

啊，原來
人生就是
學習何事不可為的過程啊！

아, 인생이란
그렇게 하면 안 된나는 것을
배우는 것이구나!

我恍然大悟

새삼 깨닫게 되었다.

用餐時間　　　　　　끼니때

直接撥打電話　　　　　　전화로 직접 말하거나
或是用文字訊息　　　　　문자메시지나 카톡으로 말하거나
詢問你在哪裡？　　　　　지금 어디 있어요?
吃飯了嗎？　　　　　　　밥이나 먹었어요?
如果有這種人在你身邊　　그렇게 묻는 사람이 있다면
如果是還是女人　　　　　그 사람이 또 여자라면
無論是妻子，還是姊姊或是女兒　아내이거나 누이이거나 딸이거나
她就是愛你的人　　　　　애인이 틀림없다
無論她居住何方　　　　　어디에 살든지 나이가
抑或是年紀多長　　　　　몇 살이든 상관없이.

緩慢人生

曾栽種花草的人都知道
無論是一年生或多年生的草花
盡心盡力埋下種子後
隔年
那個位置將不見花朵蹤影
其新芽則是在意料外的地方
生長出來
草花不會在你指定的地方生長
而是選在它自己所想的地方發芽！
人或許也是如此
為了習得這件小事
我花上了七十年的歲月

더딘 인생

꽃을 길러본 사람은 안다
그것도 일년초나 숙근초
기껏 여기 살아라 심었는데
다음 해에 보면
그 자리의 꽃은 사라지고
엉뚱한 곳에 그 꽃의 새싹이
나서 자란다는 것
꽃들은 살라는 곳에서는 살지 않고
저 살고 싶은 곳에서 산다는 것!
그것은 사람의 일도 마찬가지
이렇게 작은 일 하나 알기에도
나는 실십 년늘 보내야 했다.

老家	옛집
很長時間	너무 오래
一直承蒙庇護	신세 지고 있는 거다
使用年限	내구연한이 점점
逐漸遞減	줄어들고 있는 거다
大多數同齡的朋友	또래들 여럿 이미
早已離開老家	옛집을 비우고 떠났는데
唯有我直到此時	나만 이렇게 늦게까지
還磨磨蹭蹭	뭉긋거리고 있는 거다
何時才會離去？	언제쯤 벗을 것인가?
這衰老年邁	낡을 대로 낡은
破舊的肉身	누더기 육신
簡陋的心靈	누추한 마음.

不凋之花　　　　지지 않는 꽃

花兒，會在幾日內　　　하루나 이틀 꽃은
盛開又凋零　　　　　피었다 지지만

但內心深藏的花　　　마음속 숨긴 꽃은
卻能長久盛開　　　좀 더 오래간다

成為文章的花兒　　　글이 된 꽃은
更是永久不凋　　　더 오래 지지 않는다.

老老師

我既不是校長，也不是副校長

不會在教室授課

一整天待在辦公室處理公務

卻因為是老老師，而受到款待

我偶爾懷念孩子們的模樣

會到其他老師們的班級探頭探腦

在午餐或下課時間

雙手放後，來回於

孩子們熙熙攘攘的走廊或操場

有時會參觀他們

上手作課的模樣

有時會靜靜看著

他們上音樂課或體育課的情形

參與其中使我感到放心

感覺活力一點一滴恢復

虛弱的手機得以充飽電池那般

*

我已經離開學校十四年，仍會夢見教書的夢，而且還是雖有副校長的資格，卻只能以老師身分派發至學校的夢，是在夢裡被其他老師唾棄，感到難受無比的夢，看來我的骨子裡還是一名實實在在的老師吧。

원로 교사

나는 교장도 교감도 아니지만
학교에서 수업을 하지 않는다
종일 사무실에서 사무만 보면서 지내는데
늙은 교사라서 대접받아서 그런 것이다
하지만 나는 가끔은 아이들이 그리워서
다른 선생님들의 교실을 기웃대고
점심시간이나 쉬는 시간 같은 때
아이들이 북적대는 교실 복도나 운동장을
뒷짐을 진 채 괜스레 왔다 갔다 그런다
어떤 땐 아이들이 만들기 수업을 하는 것을
보러 가기도 하고
음악 수업이나 체육 수업을 하는 것을
보러 가기도 한다
그러면 조금씩 마음이 편안해지고
몸에서 빠져나가던 생기가 조금씩 돌아온다
방전된 핸드폰이 충전되는 것처럼 말이다.

*

학교를 떠난 지 벌써 십사 년. 지금도 가끔은 학교에서 선생으로 일하는 꿈을 꾼다. 그것도 교감 자격
을 가졌으면서 교감으로 발령받지 못하는 교사로 일하는 꿈. 다른 선생들에게 괄시받고 무시당하는
것이 서러운 꿈. 어쩔 수 없이 나는 아직도 선생인가 한다.

棉被內	이불 속에
手指凍冷，雙手交扣	손 시려 두 손 맞잡았다가
環抱於胸	팔짱을 끼고
腳掌凍寒，雙腿合起	발 시려 두 발 모았다가
蜷曲於身	다리를 오므린다
嗚呼	오소소
好冷	추워서
母親啊，母親	어머니 어머니
好想見奶奶一面	외할머니 보고 싶다
真想回到	다시 어린아이로
孩提時期	돌아가고 싶다.

夕陽西下前

難得獨自在家

直到夕陽西下
妻子仍尚未返家
等候的內心焦躁不安
慌慌張張

妻子，應該有更多
像這樣等待我回家的日子
心想至此
遲來的愧歉之心

해 저물 때까지

모처럼 혼자 집에 있는 날

해 저물 때까지
아내가 돌아오지 않으니
많이 기다려지고 허둥대는 마음
다급한 마음

아마도 아내는
더 많은 날 더 오래오래
그러했을 터
뒤늦게 미안해지는 마음.

別太努力做到好

你啊,別太努力做到好
今日的事就到此為止,已經足夠
稍微美中不足,有些不合己意
那就留給明日再做,明日再做
些許調整就好
微小的成功,也是成功
並非要你就此滿足於微小的成功
而是別對微小的成功感到失望
別以此為由責怪自己
或折磨自己
我今天也發生了許多事
甚至咬牙熬過那些熬不過的差事
已經盡心盡力了
那麼更應當開口稱讚
溫柔擁抱自己
猶如你相信今日,懷抱期待般的心
也相信明日並懷抱期待吧
今日的事就到此為止,已經足夠
你啊,別太努力做到好

너무 잘하려고 애쓰지 마라

너, 너무 잘하려고 애쓰지 마라

오늘의 일은 오늘의 일로 충분하다

조금쯤 모자라거나 비뚤어진 구석이 있다면

내일 다시 하거나 내일

다시 고쳐서 하면 된다

조그마한 성공도 성공이다

그만큼에서 그치거나 만족하라는 말이 아니고

작은 성공을 슬퍼하거나

그것을 빌미 삼아 스스로를 나무라거나

힘들게 하지 말자는 말이다

나는 오늘도 많은 일들과 만났고

견딜 수 없는 일들까지 견뎠다

나름대로 최선을 다한 셈이다

그렇다면 나 자신을 오히려 칭찬해주고

보듬어 껴안아줄 일이다

오늘을 믿고 기대한 것처럼

내일을 또 믿고 기대해라

오늘의 일은 오늘의 일로 충분하다

너, 너무도 잘하려고 애쓰지 마라.

大醬湯的店　　　　된장찌개집

母親的拿手菜　　　　우리 엄마 잘 만드는 음식은
唯一只有大醬湯　　　된장찌개 한 가지

但仍有許多饕客　　　그래도 손님이
上門品嚐　　　　　　많이 찾아온다.

第二章

———

别太努力

公車站

那道黑色的新月眉下
有著濃密捲翹的眼睫毛
專注直盯手機畫面
驚訝似地眨眨眼
開合之間，宇宙也
展開又關上
我渾然不覺
我即是宇宙
我用睫毛開啟
並闔上了宇宙
真是美麗，我自己也不知道
真是可人，不知名的姑娘

버스정류장

검은 눈썹 초승달 눈썹 아래

역시나 검고 기인 속눈썹

핸드폰 골똘히 들여다보며

깜짝깜짝 놀란 듯 열렸다

닫힐 때마다 우주가 한 번씩

열렸다 닫히기도 한디

저는 모르리

제가 우주 자체이고

제가 우주를 속눈썹으로 열었다

닫았다 하는 것을

어여뻐라 저 자신도 모르는

어여쁨이여 미지의 처녀여.

沙漠之河

沙漠之中也有河
不，那是搔過細沙的
水痕
那份悵然
和口中的乾涸

沙漠也會下雨
雨水撞擊觀光巴士的玻璃窗
一條條細雨傾瀉而下
就在莫哈維沙漠的黑沙之上

橫跨沙漠時
聽了一部電影的故事
那是以沙漠為背景的
愛情故事，內容其實荒腔走板
根本是無稽之談

然而愛情故事不都如此嗎？
空泛無義又叫人憐憫，闖入心裡
既能開出鮮花
也能創出傷

在異地旅行所遇見的那人
如浮雲稍縱即逝的愛戀
曾經，因那份愛
凝咽了喉

사막의 강

사막에도 강이 있다
아니, 모래밭을 할퀴고 간
물줄기의 자국을 본다
그 막막함
그리고 목마름

사막에도 비가 내린다
관광버스 유리창을 치받으며
줄기줄기 소낙비로 쏟아지는 비
모하비사막 검은 모래밭 위로

사막을 건너가면서
영화 이야기를 들었다
사막을 배경으로 전개되는
러브 스토리, 실은 허황하기
이를 데 없는 이야기

사랑의 이야기란 모두 그런 게 아닐까
부질없어서 안타깝고 마음에 와서
때로는 꽃이 되기도 하고
옹이가 되기도 하는

객지에서 여행길에서 만난
사람과의 뜬구름 같은 사랑이여
한 시절은 그런 사랑에
목이 메어 살기도 했더란다.

綠洲

真是震驚
意想不到的地方
突然冒出的小湖
或是寬廣的水井

崩塌又破碎
細沙滑落的沙丘
在沙漠的某處
承裝著晃動的天色
滋養枯竭生命
超越現實的風景

你我的人生裡
也會有這種幸運的時分
令人訝異的
逆轉嗎？

倘若那是你生命中的
我呢！
倘若那是我生命中的
你呢！

오아시스

어이없어라
짐작하지도 못한 곳에
느닷없는 조그만 호수
아니면 커다란 우물

무너지고 부서지고
미끄러지는 모래 산
모래밭 그 어디쯤
철렁 하늘빛까지 담아서
목마른 생명을 기르는
비현실 풍경

우리네 인생에서두
그런 행운의 순간
놀라운 반전이
있었을까?

그것이 너한테
나였다면!
나한테 또한
너였다면!

喚醒雙腳

難熬的夜晚

清醒的早晨

煮沸一杯熱開水

咕嚕吞入

接下來

用手按摩雙腿

來回仔細地

按摩腳趾與腳掌

你們也該起床了

起床吧，今天也要和我

一同幹活

我們要向遠方啟程

與良善的人相遇

和陌生的風景邂逅

比起我自己

得先麻煩你們

比我更早邁出步伐

日日早晨

我都這樣喚醒雙腳

발을 깨운다

어렵게 힘들게 저녁 시간

잠을 이루고 난 아침

뜨거운 물 한 잔 끓여

우선 마시고

그다음에 하는 일은

손으로 다리를 주무르고

골고루 발가락과 발바닥을

쓰다듬어주는 일

이제 자네도 일어나야 해

일어나 오늘도 나와 함께

일을 해야지

먼 길 떠나야 하고

좋은 사람 낯선 풍경들

만나러 가야 해

나보다 먼저

자네가 한 발자국

먼저 가주기를 부탁해

날마다 아침마다 그렇게

발을 깨운다.

涙讚　　　　　　　　눈물 찬

天空抱星　　　　　　하늘에 별이 있고
土地擁花　　　　　　땅 위에 꽃이 있다면
人類的靈魂綴有淚　　인간의 영혼에는 눈물이 있지요.

凌霄花謝了　　　　능소화 지다

愛因短暫　　　　　　사랑은 잠깐
因短暫才是愛　　　　잠깐이어서 사랑이어요

花兒盛開也是短暫　　꽃 피는 것도 잠깐
因為短暫才稱作花　　잠깐이어서 꽃이어요

愛離開的痕跡　　　　사랑이 떠난 자리
花凋謝的殘枝　　　　꽃이 진 자리

我能期待　　　　　　그대 돌아올 날
你回來的那天嗎？　　기다려도 좋을까요?

我能相信　　　　　　다시 꽃 필 날
花再次盛開之時嗎？　믿어도 좋을까요?

花田一角 꽃밭 귀퉁이

比起向日葵更喜愛鳳仙花　　　　　해바라기보다는 봉숭아
比起鳳仙花更喜愛松葉牡丹　　　　봉숭아보다는 채송화

蹲下身子望著花　　　　　　　　　쪼그리고 앉아서 눈을 맞추며
你好、你好，過得好嗎？　　　　　안녕 안녕 잘 있었니?

直視花兒，笑呀笑　　　　　　　　눈을 맞추고 웃으며
告訴花，我很愛你，相當愛你　　　사랑해 사랑해 말해주면

那麼松葉牡丹會綻放笑顏　　　　　채송화꽃이 웃고
鳳仙花也會綻放笑顏　　　　　　　봉숭아꽃도 웃고

向日葵也會連同每一片花瓣　　　　해바라기 해바라기꽃까지
笑得燦爛　　　　　　　　　　　　따라서 웃는다.

單睜一隻眼　　　　외눈 뜨고

只睜獨眼　　　　　　외눈 뜨고
端看世界　　　　　　보는 세상
更美了　　　　　　　더 예쁘네

險些　　　　　　　　하마터면
沒發現　　　　　　　못 보았을
你的眉毛　　　　　　너의 눈썹

皎潔　　　　　　　　새로 하얀
皎潔明亮的額頭　　　하얀 이마 위에
兩道新月　　　　　　초승달 두 채

淚水　　　　　　　　눈물이
汪汪　　　　　　　　그렁그렁
更美了　　　　　　　더욱 예쁘네.

與天空離別

天天相見
也想念的人
站在眼前
也思念的人

現在再也
見不上一面
十分思念
叫我如何是好！

拉開天上的窗簾
看看這裡
推開天上的窗門
看看我吧

我在這裡
我過得很好
你在那也過得好嗎？
別來無恙嗎？

看著天上的白雲
揮手問候
朝著天空
彎腰鞠躬

하늘 이별

날마다 만나도
만나고 싶은 사람
눈앞에 있어도
보고 싶은 사람

이제 어디서도
볼 수 없으니
보고 싶어서
나를 어쩌나!

하늘 커튼을 열고
여기 보아요
하늘 쪽창을 열고
나를 좀 보아요

나 여기 있어요
나 여기 잘 있어요
거기도 잘 있나요?
날마다 별일 없나요?

흰 구름 보고
손 흔들어 인사합니다
하늘을 향해 꾸벅
절을 합니다.

早春　　　　　　　　이른 봄

光是想想　　　　　　　생각만 해도
光是稍微想想　　　　　잠시 생각만 해도
胸口就　　　　　　　　가슴에 조그만
點亮一盞燭火　　　　　등불이 켜진다

光是聽見聲音　　　　　목소리만 들어도
光是聽見細微的聲音　　얼핏 목소리만 들어도
枯竭的泉水也　　　　　말랐던 샘물에
再度豐沛　　　　　　　물이 고인다

而當你的眉毛　　　　　그러함에 너의 눈썹
你的眼神交錯的那刻！　너의 눈빛 스쳤음에랴!
沉睡的枝椏　　　　　　화들짝 잠든 나뭇가지
也會盛開花兒　　　　　꽃 피우기도 했을라.

紫花地丁的旁邊　　　제비꽃 옆에

儘管忘了　　　　　　잊고는 살았지만
卻非全然忘卻地　　　아주는 잊고
活著　　　　　　　　살았던 건 아니다

每年紫花地丁　　　　해마다 제비꽃
再次盛開之時　　　　다시 필 때면
過往的眷戀　　　　　그리움 살아오곤 하던
如深海的水色　　　　짙은 바다 물빛

甚至會隨風　　　　　뿐이랴 바람에
微微顫抖　　　　　　가늘게 떨면서
細細啜泣　　　　　　흐느껴 울기도
也不一定　　　　　　했을 것이다.

與你相見的那天

爬滿金鐘花的籬笆
一整年皆是綠油油
就像雜樹般黯淡地
蜷縮在一角
直到春天來臨時,才會最先
化身為圓潤的黃色小鐘
開出花朵
照亮春日的天空
白天迎接日光
與之玩耍
夜晚也有星辰與月光
找上門
相互交換私語
雖然我今天
悶悶不樂

但即將與你相見的那天
我也如那籬笆上的
金鐘花
那樣
也像那隻
來到金鐘花籬笆的
不知名鳥兒
開開心心
哼哼唱唱

너를 만나는 날

개나리 울타리
일 년 내내 그저 푸른빛
잡목처럼 어둑하게
웅크려 있다가
봄 되어서야 제일 먼저
노랑 등불 조그만 종 꽃부리
꽃을 피워서
하늘을 다 비추고 있다
낮이면 햇빛이 와
놀게 하고
밤이면 온갖 별들 달빛도
찾아와
속삭이다 가게 한다
오늘은 비록 내 마음
시무룩하지만

머지않아 널 만나는 날
나도야 또한 개나리
울타리처럼
그럴 것이다
개나리 울타리에
와서 우는
조그만 이름 모를 새들처럼
나도야 기뻐서
지절거릴 것이다.

童話

有一名讀者很喜歡我寫的詩

是位姑娘，名叫東花

東花、東花

每當呼喊她的名

內心也跟著暖和

隨之清新純真

就連望向這混雜世界的眼神也

澄澈平靜

不只因為她的靈魂單純美麗

或許也因她的名字是東花

所言不假，我的確喜歡童話書[3]

床頭擺放了好幾本童話書

《皮諾丘》、《阿爾卑斯山的少女》

以及《安妮日記》

睡前翻一翻童話故事

更好入眠

也不容易遇到惡夢

東花啊東花

請一直守護我

讓我們經常碰面，聊上幾句吧

---

3 「東花」與「童話」韓文同為「동화」。

동화

내 시의 좋은 독자 가운데

한 처녀 이름은 동화

동화야 동화야

이름 부를 때마다 마음이

따뜻해지고

맑아지고 순해진다

흐린 세상 바라보는 눈길조차

깨끗해지고 편안해진다

그 처녀 영혼이 맑고 아름다운 탓도 있지만

이름이 동화라서 그런 거라고 나는 생각한다

아닌 게 아니라 나는 동화를 좋아한다

나의 침대 머리맡에 동화책이 여러 권

피노키오, 알프스의 소녀 하이디,

그리고 안네의 일기

밤에 잠을 잘 때 동화책 읽다가 자면

잠이 잘 온다

자면서 악몽을 꾸지 않아서 좋다

동화야 동화야

오래 나를 지켜다오

얼굴 자주 보고 이야기 많이 나누자꾸나.

下午的訊息

沒接電話
看來正在忙碌
可能在開會或談話中
別忘了
即使今天也匆匆忙忙
辛苦度過
但今天仍是珍貴的一天
是地球旅行的
其中一天
依然是閃耀的日子
大口呼出氣息
充斥胸口的一天
完成今日的行程
平安回家
用冷水搓洗雙腳
好好休息
我雖然離你遙遠
但我一心一意

想在你身邊
請別忘了
我今天早上
騎著自行車出門時
看見新冒出頭的
冬青衛矛的嫩葉
稚嫩油綠的新葉
我將那些幼嫩草綠
想作你

오후의 카톡

전화 안 받네
바쁜가봐
회의 중 아니면 미팅
잊지 마
오늘도 바쁘게
힘들게 보냈지만
오늘도 소중한 한 날
지구 여행 가운데
한 날이라는 것
여전히 반짝이는 날이고
숨 가쁘도록
벅찬 날이라는 것
오늘 일정 잘 마치고
집에 돌아가
찬물에 발을 씻고
잘 쉬길 바람
멀리 있지만 언제나
내가 네 곁에 함께

있고 싶어 한다는 것
잊지 말아줘
오늘도 아침
자전거 타고 가다가
새로 솟아 반짝이는
사철나무 이파리
야들야들 이파리를 보았단다
잠시 그 이파리를
너라고 생각해보았단다.

文字訊息　　　　　카톡 문자

今日，天空昏沉　　　　　오늘은 흐린 날
但還是看看那些綠樹　　　그래도 푸르른 나무
與綠意　　　　　　　　　초록을 보자
使內心　　　　　　　　　그러면 마음에
沁入翠綠之流　　　　　　초록 물이 들어와
賦予心頭滿滿活力　　　　마음에 힘이 솟는다

有時，天空滴落雨滴　　　가끔은 비가 오는 날
但還是望向那些盛開的花　그래도 활짝 핀 꽃
與嫩粉　　　　　　　　　분홍을 보자
使內心　　　　　　　　　그러면 마음에
渲上茜紅之彩　　　　　　분홍 물이 들어와
點亮心頭每一處　　　　　마음이 밝아진다

你是我　　　　　　　　　나에게 너는
陰天的綠樹　　　　　　　흐린 날의 초록 나무
雨天的紅花　　　　　　　비 오는 날의 붉은 꽃
我因你而活著　　　　　　너로 하여 내가 산다
因你而活下去　　　　　　내가 견딘다.

幸運草葉

클로버 이파리

三葉草有三片葉子

클로버 이파리는 세 장

一同打開三片手掌

한결같이 세 개의 손바닥

朝向天空

하늘 향해 펴들고 있다

難道沒有

그 가운데 네 장의 이파리는

四片葉子的幸運草嗎？

없을까?

走到一半蹲下身

길 가다가 쪼_그려 앉아

這裡看看，那裡瞧瞧

들여다본다

四葉幸運草

네 잎의 클로버는

代表幸福將至

행운을 가져다준다기에

倘若我找到四葉幸運草

네 장의 클로버 이파리를 찾으면

一定要送給你

따다가 너에게 주어야지

我有時

그런 때 너는

也想成為四葉幸運草

네 잎의 클로버가 되기도 한다

在三葉草間

세 장의 클로버 이파리들 사이에

成為稀有的四葉幸運草

드물게는 네 장의 클로버 이파리.

明天

世界並非天國
世上的人們也不是天使
但是如果將世界當成天國
居住的話，世界
就會成為天國
世上的人們也會變成天使嗎？
明天是與你相見的日子
有你的地方是天國
那你是天使嗎？
從今天起我住在天國裡
與天使相遇

내일

이 세상은 결코 천국이 아니고
세상 사람들은 또 천사가 아니다
그렇지만 세상을 천국이라
여기고 살면 때로 세상이
천국이 되고
세상 사람들도 천사가 되는 게 아닐까?
내일은 너를 만나는 날
너를 만나는 그곳이 천국이 되고
네가 또 천사가 아닐까?
오늘부터 나는 천국을 살고
천사를 만난다.

海雲台的岸邊　　　해운대 바닷가

左右為難　　　　　　　이러지도 못하고
不知如何是好　　　　　저러지도 못하는 마음

但不是強迫你　　　　　그렇다고 무엇을 어떻게
一定要做什麼　　　　　하자는 말은 아니다

就只是茫然無助　　　　다만 막막하고 서럽고
心疼難受地遠眺大海　　안타깝기만 한 조망

若是我們就此分開　　　이제 여기서 우리 나뉘면
還能再碰面嗎？　　　　언제 다시 만날까?

天空晴朗無雲　　　　　맑고 푸른 하늘인데도
看起來卻陰暗沉鬱　　　흐려 보이는 하늘

視野一覽無遺　　　　　확 트인 시야인데도
可目光僅徘徊於海　　　눈길이 머뭇거리는 바다.

唯有你

오직 너는

你不是庸庸碌碌的一員

眾人之間

你是唯一的一位

浩瀚宇宙內

閃亮的一顆星

繁盛的花田裡

你是獨一無二的花

活出你自己

讓自己發光

많은 사람 아니다

많은 사람 가운데

오직 너는 한 사람

우주 가운데서도

빛나는 하나의 별

꽃밭 가운데서도

하나뿐인 너의 꽃

너 자신을 살아라

너 자신을 빛내라.

擁抱星辰　　　　별을 안는다

抱著你能聞到星星的味道　　너를 안으면 별의 냄새
彷彿一顆疲憊的星　　　　　하늘 허공을 흐르다가
劃過虛空　　　　　　　　　지친 별 하나
來到我的懷中　　　　　　　내 가슴에 와
停留　　　　　　　　　　　머무른다는 느낌
孤獨的氣味　　　　　　　　고독의 냄새
悲傷的氣味　　　　　　　　슬픔의 냄새
啊，有了愛的預感　　　　　아 사랑의 예감
我閉上雙眼　　　　　　　　나는 그만 눈을 감는다
我有些暈眩　　　　　　　　나는 그만 어지러워
暈頭轉向⋯⋯　　　　　　　어지러워⋯...
成為迷路之星　　　　　　　길 잃은 별이 된다
現在該何去何從？　　　　　이제 어디로 가야 하나?
我又再度流浪天際　　　　　나는 또 그렇게 흐른다.

愛就是如此　　　　사랑은 그런 것

漂亮的話，能有多漂亮　　　　예쁘면 얼마나 예쁘겠나
有時我也不覺得　　　　때로는 나도 내가
自己有多漂亮　　　　예쁘지 않은데

美好的話，能有多美好　　　　좋으면 얼마나 좋겠나
有時我也不覺得　　　　때로는 나도 내가
自己有多美好　　　　좋지 않은데

那樣的漂亮就足夠　　　　그만큼 예쁘면 됐지
那般美好就足夠　　　　그만큼 좋으면 됐지
愛就是如此而已　　　　사랑이란 그런 것이다

些微的漂亮　　　　조금 예뻐도 많이
只要認為很漂亮　　　　예쁘다 여겨주면
就會變得更漂亮　　　　많이 예뻐지고

些許的美好　　　　조금 좋아도 많이
也只要認為很美好　　　　좋다고 생각하면
就會變得更美好，不是嗎？　　　　많이 좋아지는 것이 아니겠나.

118

再次二十歲　　다시 이십대

窗外的月光	창밖에 달빛
是不是你	너인가 싶어
難以獨自	혼자서는 쉽게
入眠的	잠들지 못하던
那些夜晚	그런 시절이
我也	나에게도
曾有過	있었더란다.

蝴蝶項鍊　　　　나비 목걸이

瞧瞧我的眼睛　　　　내 눈을 좀 보아라

我的眼裡有你　　　　내 눈 속에 네가 있고
若是看見蝴蝶項鍊　　나비 목걸이가 있다면
那代表　　　　　　　내 마음속에
你住進了我心　　　　네가 들어와 살고 있고
一隻蝴蝶跟了上來　　나비 한 마리 따라와
在我心中的天際　　　나의 마음속 하늘을
翩翩飛舞，那即是證據！　날고 있다는 증거!

哪怕聽起來像謊言　　거짓말 같지만
也希望你相信　　　　믿어도 좋다.

銀光　　　　　은빛

初次見面的姑娘　　　처음 만난 처녀
有著一雙美麗的手　　예쁜 손
與細細手指　　　　　예쁜 손가락

第二根指頭　　　　　둘째 손가락에
戴上銀色纖細的　　　은빛 가늘은
戒指　　　　　　　　가락지

為什麼要在食指　　　왜 그 손가락에
戴戒指呢？　　　　　가락지를 끼웠나요?
「因為很美」　　　　예쁘라구요

那清脆的　　　　　　쨍하게 울리는
嗓音　　　　　　　　그 목소리가
是另一道銀光　　　　또 은빛이었다.

對話	대화
擁抱太久，難以呼吸嗎？ 不會	오래 안고 있어서 답답하니? 아니요
擁抱太久，感到傷心嗎？ 不會	오래 안고 있어서 슬프니? 아니요
擁抱太久，覺得開心嗎？ 不會	오래 안고 있어서 기쁘니? 아니요
那是什麼心情呢？ 就只是很安心	그럼 어떤데? 그냥 편안해요
這樣子啊 我也是	그렇구나 그건 나도 그래.

凌霄花之下

능소화 아래

縱然只是輕風湊近
바람만 불어도

我也會心動
가슴 설레요

縱然只是看見紅花的嘴
붉은 꽃 입술만 봐도

我也會心痛
가슴 아파요

最後，那個人
그 사람 끝내 나

沒能見到我
만나지 못해

他是獨自哭著
울면서 가던 길

回去的嗎？
혼자서 떠나갔는가

凌霄花，凌霄花之下
능소화, 능소화 아래

我在這裡抽泣
나 여기 울먹이는 거

他會知道嗎？
그 사람 알고 있을까

我黯然垂下頭
문득 고개 떨궈요.

鴨跖草

一走近
便能聽到潺潺水聲
在那座古老的深井
撲通一聲降下水桶
汲水的嘩啦聲響

上紮著雙辮子或三辮子的
年幼姊姊

若隱若現的笑容
臉頰浮現隱隱約約的酒窩
酒窩輕輕透出
深藏的迷人
以及無法掩飾的羞澀

달개비꽃

가까이 가기만 해도
물소리 들린다
오래되고 깊은 샘물에
철벙철벙 두레박 내려
물 길어 올리는 소리

갈래머리 종종머리
어린 누이도 있었지

보일 듯 말 듯 웃는
볼 위에 흐릿한 볼우물
볼우물 위에 살포시
안기던 고혹
숨길 수 없던 수줍음.

看來，我好像

아무래도 내가

看來，我好像
愛上了你
你漂亮的模樣
甜美的聲音
深邃清澈的雙眸
並非
不愛這些
而是更愛你的靈魂
你身體裡、內心中
蘊藏在最深處
比你的眼神還要清澈的
靈魂深處
那易受輕微想法、細微感受
就哆嗦顫抖
超越樂器的樂器
從天國
降臨的樂器
連一絲風吹草動
也會受傷的靈魂
看來，我好像
靠近並探究過你的靈魂
看來，我好像
深愛著你

아무래도 내가
너를 사랑하게 되었나보아
네 예쁜 모습
예쁜 목소리
맑고도 깊은 눈동자
그깃을 사랑하지
않는다는 말은 아니야
그보다도 너의 영혼
너의 몸속 마음속
더 깊숙이 숨어 있는
네 눈빛보다 더 맑고도
깊은 영혼
작은 생각 작은 느낌
하나에도 파르르 떠는
악기 이상의 악기
하늘나라에서부터
데리고 온 바로 그 악기
그러나 작은 바람 하나에도
상처받을 수 있는 너의 영혼
아무래도 내가 네 영혼
가까이 가보았던가보아
아무래도 내가 너를
사랑하고 있나보아.

項鍊　　　　　목걸이

你胸前的蝴蝶　　　네 가슴의 나비
輕拍花翅　　　　　팔랑팔랑
將帶領你　　　　　너를 데리고
前往　　　　　　　좋은 세상으로
更好的世界　　　　가줄 것이다.

見面後　　　　　　　　　만나고 돌아와

結束與你的相會後　　　　　만나고 오면

一天、兩天　　　　　　　　하루나 이틀

心是安穩的　　　　　　　　마음이 놓인다

你會沒事的　　　　　　　　잘 있을 거야

不會有事　　　　　　　　　잘 있겠지

一天天過去　　　　　　　　날이 갈수록

內心逐漸不安　　　　　　　조금씩 불안해지는 마음

動搖　　　　　　　　　　　흔들리는 마음

應該沒事吧　　　　　　　　잘 있겠지

一定沒事的　　　　　　　　분명 잘 있을 거야

雖無重大變化　　　　　　　내용은 비슷한데

但內心的顏色　　　　　　　조금씩 색깔이

漸漸從新綠或嫩藍　　　　　초록이나 파랑에서

化為土色　　　　　　　　　갈색으로 바뀌는 마음

你會沒事的　　　　　　　　그래 잘 있을 거야

你會好好的吧　　　　　　　잘 있겠지.

應知

我都明白，全都明白
你的擔憂是你的愛
你的疑問是你的愛
我都懂，怎麼不懂
每當我想起你
也是擔心東擔心西
抱持許多好奇
帶著憂心與困惑
走上遠方
尋找你，走了好遠好遠
步履維艱地回來
我當然知道，這份憂愁與質疑有多少
怎麼可能不明瞭

알고말고

알지, 알고말고
네 걱정이 네 사랑이고
네 궁금함이 네 사랑인 걸
알지 왜 내가 모르겠니
나도 널 생각하면
이 걱정 저 걱정
궁금함이 많단다
걱정과 궁금함이 손을 잡고
길을 따라 멀리
너를 찾아 멀리 갔다가는
터덜터덜 돌아오는 날
많고 많음을 알지
내가 왜 모르겠니.

驀然	문득
伸手撫摸窗紙	창문의 종이를 만져본다
粗糙扎手	꺼끌꺼끌하다
秋季、冬季	가을 겨울
迎來春季	그리고 봄
那個掛著酒窩的孩子	볼우물이 고운 아이
現在不在我身邊的孩子	지금은 내 앞에 없는 아이
驀然地	그 아이가 문득
思念那孩子	보고 싶었다.

鳶尾花再次盛開時

窗前，廊簷前
遠方大海波光粼粼
鳶尾花盛開之時

光著腳，步伐輕盈
坐了下來，啊，真自在
天氣舒適，風景靜好
孩子輕聲細語

沒了，現在沒了
鳶尾花早已謝了，鳶尾花的枝椏
顫顫地支撐天空
我在這裡
我還在這裡
代替那孩子，輕聲細語

現在仍是鬱鬱蔥蔥
香氣四溢的五月某一天

붓꽃 새로 필 때

창 앞에 마루 앞에
머언 바다 물빛 가물가물
붓꽃 새로 피어날 때

맨발로 사뿐사뿐 걸어와
걸터앉으며 아 좋다
날씨 좋고 바깥 풍경 참 좋다
작은 소리로 속삭여주던 아이

없네 지금은 없네
붓꽃 송이 이미 지고 난 붓꽃 송이
기들가들 하늘을 받들고 서서
내가 있어요
내가 여기 있어요
그 아이 대신으로 속삭여주네

아직은 푸르고 창창하고
향기로운 오.월의 하루.

笑著的娃娃

圓小的雙眼
顯得更加可愛
小小的眼睛下方，小小的鼻子

然而，卻有張又大又美的唇
兩片緋紅花瓣疊起的唇

盡情歡笑的嘴
唇間雪白的牙
自信滿滿的舌

怎麼辦才好
該怎麼辦才好呢
那般可愛的你

想將世界
全給你

웃는 인형

눈이 작아서
귀엽구나
작은 눈 아래 작은 코

그러나 크고도 예쁜 입술
붉은 꽃잎이 두 장 겹쳤네

맘껏 벌리고 웃는 입
입술 사이로 새하얀 이
자신만만 부끄럼 없는 혀

어쩌면 좋으냐
어쩌면 좋단 말이냐
그냥 귀여운걸

세상을 다
너에게 주려고 한다.

孩子啊

你不需要
很漂亮

也不需要
做到最好

現在的你
已經充分美麗

有時出錯，有時生疏
但你仍是值得被愛的人

現在的你
好好疼愛並珍惜自己

現在的你
已是完整又良善的人了

*

你會在何時明白，錯誤讓人生更加真實、美麗呢？千萬別忘記，失誤是人生的一部分，笨拙也是人生的一部分。

어린 벗에게

그렇게 너무 많이
안 예뻐도 된다

그렇게 꼭 잘하려고만
하지 않아도 된다

지금 모습 그대로 너는
충분히 예쁘고

가끔은 실수하고 서툴러도 너는
사랑스런 사람이란다

지금 그대로 너 자신을
아끼고 사랑해라

지금 모습 그대로 있어도
너는 가득하고 좋은 사람이란다.

*

언제쯤 네가 실수가 더욱 진실하고 아름다울 수 있다는 것을 알게 될까? 실수도 너의 인생이고 서툰 것도 너의 인생이란 것을 부디 잊지 말아라.

了無蹤影

你現在去何方了
在哪朵雲下，跟哪一陣風
漂流到何處了

在這裡曾經開心的過往
難過的記憶，全都
深藏在心
去你想去的地方吧

到了好地方
遇見好的人
願你的明天有如今天般順利

看著在餘暉下
垂頭的花木喃喃自語
看著被陰影
籠罩的山群獨自叨絮

떠난 자취

너 지금 어디쯤 가고 있느냐
어느 구름 아래 어느 바람 따라
흐르고 있느냐

이쪽에서 좋았던 일
섭섭했던 일 모두
마음속으로 접고
너 가고 싶은 곳으로 가거라

너 좋은 곳으로 가서
너 좋은 사람들 만나
내일도 오늘처럼 잘 살아라

해 으스름 고개 숙인
꽃나무를 보면서 말한다
그늘에 덮여가고 있는
산을 보고 말한다.

獻上愛

사랑을 보낸다

那樣也好

你在那裡開心就好

與微風嬉戲

與日光玩樂

若有樹木，而且是

健康的大樹

就在樹蔭之下

你也能成為茁壯的樹木

綠意盎然，富含生命力

呼吐氣息，蓬勃活著

與你喜歡的人們

快樂地活

那就是我的愛

그래 좋아

거기서 너 좋아라

좋은 바람과 놀고

좋은 햇빛과 놀고

나무가 있다면 그 또한

좋은 나무

좋은 나무 그늘 아래

너도 좋은 나무 되어

나무처럼 푸르게 싱싱하게

숨 쉬며 살아라

네가 좋아하는 사람들과 어울려

예쁘게 살아라

그게 내 사랑이란다.

致我的愛 1

你擁有一份愛嗎？
那麼緊閉雙唇
謹慎小心
草堆與樹木早已
看出你的心思
風兒暗自揣測
流過的雲也
探頭探腦
愛意無法隱藏
再怎麼掩飾仍會
流瀉溢出
因此千萬小心
別開口
將愛洩漏的瞬間
愛將窒息
成為他物
愛本身即是

閃耀
美麗
圓滿
你擁有一份愛嗎？
那麼得更加謙遜
對周遭每樣生命
更加寬容，纖細體貼
親切處世
否則那份愛
將不會以愛之姿長長久久
愛是隱晦的秘密
也是任何手段皆藏不住的秘密
愛即是愛，已是
完整的開端與結束
沒有比這更混沌的世界

사랑에게 1

사랑을 가졌는가?

그렇다면 입을 다물라

조심하라

풀들과 나무가 이미

눈치를 채고

바람이 짐작을 하고

흘러가는 구름이

엿보고 있다

사랑은 숨길 수 없는 것

숨겨도 숨겨도 밖으로

삐져나오는 것

그러니 조심을 하란 말이고

입을 다물란 말이다

사랑을 발설하는 순간

사랑은 숨을 거둔다

사랑이 아닌 그 무엇이 되고 만다

사랑은 그 자체로서

눈부신 것이고

아름다운 것이고

충만한 그 무엇이다

사랑을 가졌는가?

그렇다면 더욱 겸허하고

주변의 생명 하나하니에게

너그럽고 섬세하고

친절하라

그렇지 않으면 사랑이

사랑으로 오래 남지 못한다

사랑은 비밀

그 무엇으로도 감춰지지 않는 비밀

사랑은 사랑 그것으로 이미

완전하며 시작이요 끝

더는 없는 아스라한 세상이다.

致我的愛 2

將嘴唇貼近花瓣
花瓣嚇得
牢牢閉緊
甚至躲開

但唯有你的花瓣
坦蕩地張開雙唇
迎接我的吻
觸感柔軟至極
濕潤無比

那裡是天國
暫時忘記
地獄也與我們同在

사랑에게 2

꽃잎에 입술을 가져다 댄다
꽃잎들은 놀라
입을 다물고
외면하기까지 한다

그러나 너의 꽃잎만은
당당히 입술을 열고
나의 입술을 받아준다
더없이 부드럽고
촉촉하다

거기 천국이 있고
지옥이 더불어 있음을 나는
잠시 잊어도 좋았다.

致我的愛 3

今天好好歇息

昨天累了一整天

並且

放慢速度吧

走至一半停留時

那就是人生，那就是家

那就是愛

我正要去地角村 [4] 演講

從以前開始

我只想將你隱藏

出於疼惜之心

不知不覺，我

因為你的緣故，成為了真實活著的人！

我只想扯開喉嚨

放聲大哭

---

4 意為土地的盡頭。位於韓國全羅南道海南郡，是韓國最南端的村莊。

사랑에게 3

오늘은 편히 쉬어라

어제 힘들었으니

그리고

천천히 가자

가다가 멈추는 자리가

인생이고 집이고

또 사랑이란다

나는 지금 땅끝마을 강연 가는 중

예전에도 그렇지만 나는

너를 한없이 숨겨두고 싶고

아끼고 싶은 마음뿐이란다

어느 사이 내가

너 때문에 사는 사람이 되었구나!

그냥 목을 놓아

울고 싶은 심정이란다.

致我的愛 4

老實說只要想起你

我的身體就會開出鮮花

冒出嫩芽

曾枯竭的乾泉

又再次汩汩湧出

匯集成川

但我仍沒有信心

即使喜歡

也惴惴不安

該怎麼辦才好

沒錯

如你所說，我這昏頭轉向

腦子亂糟糟

頭暈目眩的感覺

我還是挺喜歡的

真實活著的氣息，真好

你很美好

世界也很美好

我的世界因你

再次開展

再次新造的

新世界

사랑에게 4

실은 네 생각만 해도
내 몸에 꽃이 피고
새싹이 나
어디선가 숨죽였던 물소리
도란노란 다시 살아나
개울물이 흘러
그런데도 자신이 없어
좋기도 하면서
두렵기도 한 마음
이걸 어쩌면 좋단 말이냐
그러게 말야
네 말대로 갈팡질팡
엉망이지 뭐니
어지럼증이야
그래도 나는 좋아
살아 있는 목숨이 좋고
네가 좋고
세상이 다 좋아
나의 세상은 너로 하여
다시 한번 시작하고
다시 한번 태어나는
세상이란다.

致我的愛 5

人生在世，總會經歷
一兩次
也該習慣了
但怎麼還是慌張無措
生澀得令人惋惜
嘆出一口氣
最後逼出一身冷汗
怎麼辦呢
這該怎麼做才好
這份慘澹的心情
該如何是好
沉著點
再忍耐幾分，等待幾分
冷靜點
另一邊的愛
這樣告訴我

也對，愛這個東西，本來就
總是生澀
總是澎湃
總是心生匱乏
大海啊，大海，陣陣浪濤
別將我吞噬
別將我帶往世界的盡頭
我站在懸崖的邊上
嗚咽渴求

사랑에게 5

살면서 오래 살면서 한두 번
겪어봤으면
익숙해질 만도 한데
여전히 허둥대고 서툴고
낯가림하고 안타깝다 못해
한숨이 나오고
끝내 진땀을 흘리기까지 한다
어쩌면 좋으랴
어찌하면 좋단 말이냐
이 참담함을 다시 한번
어찌하면 좋단 말이냐
잠잠하라
좀 더 인내하며 기다리라
침착하라
또 다른 사랑이
나에게 이르는 말씀

그래 사랑이란 본래
끝없이 서툴고
끝없이 설레고
끝없이 가난한 마음이란다
바다여 바다 파도여
나를 삼켜 세상 끝으로만
데려가지 말아다오
벼랑 끝 끝머리 서서 나는
이렇게 울먹이고만 있다.

致我的愛 6

實在不簡單

不容小覷

大理石棟樑

支撐起宮殿

從入口就

令人瞠目結舌

面向天空盛開的

雄偉荷花

希望你常駐於此

即便孤獨或疲憊

也別離開

那是你的命運

而抬頭仰望

也是我的命運

사랑에게 6

도대체가 만만치가 않다
호락호락하지 않다
대리석 기둥이
받들고 서 있는 궁전
초입에서부터
기가 죽는다
하늘 향해 피어 있는
우람한 연꽃
너 거기 오래 있거라
외롭고 고달파도
그냥 거기 있거라
그것이 너의 운명
우러러보는 것이 또한
나의 운명이란다.

致我的愛 7

起風的日子
穿上裙子
讓風吹拂裙襬

起風的日子
放下頭髮
讓風吹亂髮絲

我想成為那陣風
吹往未知的領土
你也想離開

起風的日子
站在風吹的方向
踮起腳尖

成為草原那端的一棵
孤獨大樹
成為海岸邊草地上的草葉

사랑에게 7

바람 부는 날에는
치마를 입어요
치맛자락 바람에 나부끼도록

바람 부는 날에는
기인 생머리
바람에 머리칼 휘날리도록

바람이 되고 싶어
바람이 되어 모르는 땅으로
너도야 떠나고 싶어

바람 부는 날에는
바람 부는 쪽으로 서서
까치발 딛어요

들판 끝 한 그루
외로운 나무가 되어
바닷가 풀밭 풀잎이 되어.

致我的愛 8

深怕你知曉
光是想起你，心就怦怦跳
前去見你時，我的心
如大海般敲擊

即使他人不曉得
也怕你
率先察覺

當我走近你時
倘若風兒瞧見，他會
颳起另一道風
若是雲朵看見，他會
湊到其他雲朵的身邊

蝴蝶或花們發現的話
又會說什麼呢？

啊，原來你也是這樣想嗎！
那我就放心了
我們兩個的心擅自
撲通亂跳，逕自
雀躍難耐

사랑에게 8

네가 알까봐 겁이 나
네 생각만 해도 설레는 마음
너를 만나러 갈 때면 바다같이
뛰는 가슴

다른 사람들은 몰라도
너한테 넌서 들킬까봐
겁이 나

네 앞으로 가까이 갈 때
바람이 보면 또 다른
바람이 분다 하고
구름이 보면 또 다른 구름이
간다 하겠지

나비나 꽃들이 보면
그들은 또 뭐라고 할까?

아, 그건 너도 그렇다고!
그렇다면 안심이야
우리 두 마음 제멋대로
출렁이라 하고 제멋대로
두근거리라 그러지 뭐.

致我的愛 9

是啊
謝謝你
我的花瓣
我的泉水
天上的鳥雀
啼叫不絕

是啊
謝謝你
我的混亂
我的歡喜
時而暈眩
時而寒顫

在你面前
我
死氣沉沉
了無生氣
你的溫暖
想再次擁抱入懷

사랑에게 9

그래
고마워
나의 꽃잎
나의 샘물
하늘 나는 새
지절거림

그래
고마워
나의 혼란
나의 기쁨
때로 어지러움
때로는 진저리

네 앞에서는
내가
지레 죽지
죽고 말지
너의 따스함
다시 안고 싶어.

羊腸小徑   오솔길

朝著遠方的人   멀리 있는 사람을 두고
呼喊   말을 한다
好想你！   보고 싶다고!
我好思念你！   그리웠다고!

對著風說   바람에게 말을 하고
對著樹語   나무에게 말을 한다
要風兒傳話   바람더러 전해달라고
當那個人   그 사람 이 숲속 길
獨自穿過森林小路時   혼자 지날 때
悄悄在耳邊細語   살그머니 귓속말로
讓他知道   들려달라고

朝著不在這裡的人   여기 없는 사람을 두고
呼喊   말을 한다
我們再見面吧！   우리 곧 만나자고!
要笑著相見吶！   웃으면서 만나자고!

看相片　　　　　　사진을 본다

如花兒　　　　　　꽃 같네
紅潤掛笑的唇　　　붉게 웃는 입술

如雲彩　　　　　　구름 같네
烏黑輕盈的髮　　　치렁치렁 검은 머리

鬆動了　　　　　　무너지네
在小小的瀑布之下　조그만 폭포 아래

彩虹，彩虹　　　　무지개 무지개
七色的心意　　　　일곱 빛깔의 마음

現在好想你　　　　보고 싶어 지금
好想見你　　　　　네가 보고 싶어.

先害怕

你要是離開，我該怎麼辦！
時常在我面前
如婆娑淚水
縈繞打轉的孩子

笑臉滿盈
只要一個眼神
就會撲過來的孩子

如果哪天
你消失在我面前，怎麼辦！
我已經開始害怕
內心沉重如鐵

미리 겁난다

너 떠나면 어쩌나!
언제나 내 눈앞에서
새몰새몰 눈물샘처럼
맴돌던 아이

생글생글 잘 웃고
눈짓만으로도 와락
끌려오던 아이

너 내 앞에서
안 보이면 어쩌나!
미리 겁난다
마음 무겁다.

心中之鏡

你是我的心中鏡
將我的話語，我的表情
我的動作，逐一找出
是那揚起波紋
清澈又深邃的湖水

天空清澈
雲朵純白
山群、田野、樹木
鳥兒的振翅聲與蟲鳴
甚至是颯颯微風也清新可人
一池澄明的湖水

我敬畏你，我感激你
甚至包容我心中的汙漬
期盼你永在永存
你那澄淨的靈魂
與你高尚的愛
永世永生

마음의 거울

너는 내 마음의 거울
나의 말 나의 표정
나의 몸짓 하나하나
찾아내어 무늬를 세우는
맑고도 깊은 호수

하늘이 어리고
구름이 어리고
산과 들과 나무 너러는
새의 날갯짓 풀벌레 울음
바람 소리까지 어리는
맑은 호수

두려워라 고마워라
나의 마음 얼룩까지 어리어
거기 오래 살기 바라네
너의 맑은 영혼
너의 고운 사랑 더불어
오래 숨 쉬기 바라네.

烏雲密布

烏雲籠罩的日子又來了
那嗆著雨水的雲
也抱著閃電的雲
從遠方的天空開始
那個子高大，手臂細長的雲
揮舞身軀，撼動天空而來
雲裡
有鳳仙花
也有松葉牡丹
更有向日葵與紫茉莉
沒錯，窸窸窣窣地搖著寬寬裙襬
跳著舞的玉蜀黍樹也在雲裡
啊，笑著朝這裡來了
紅潤的唇，雪白的牙
我能聽見你的笑聲

所以此時
我喜歡烏雲
喜歡烏雲密布的天空
張開手臂，空出胸懷
大大地深吸一口氣
你躍進我胸
孩子，我愛你
我真的很愛你
朝向烏雲，低聲喃喃

먹구름 때

또다시 먹구름의 때가 왔다
비를 몰고 오는 구름
번개도 가슴에 안고 오는 구름
저쪽 하늘서부터
기가 크고 팔도 긴 구름이
휘적휘적 하늘을 흔들며 온다
저 구름 속에
봉숭아꽃도 들어 있고
채송화꽃도 들어 있고
해바라기꽃 분꽃도 들어 있고
그렇지 스적스적 넓은 치마 흔들며
춤을 추는 옥수수나무도 들어 있다
아 웃으며 이리로 오는
붉은 입술 새하얀 이
너의 웃음도 들어 있다

그러므로 나는 이맘때
먹구름이 좋다
먹구름 하늘이 좋다
팔을 벌려 가슴을 벌려
크게 숨을 쉰다
네가 내 가슴속으로 들어온다
사랑한다 얘야
내가 너를 정말로 사랑한단다
먹구름에게 중얼거려본다.

去楊口的路上	양구 가는 길
哭哭啼啼	울면서 울면서
將你的名刻記	너의 이름 새긴다
鑿於白樺木	자작나무
雪白的身軀	새하얀 몸통에
思思念念	그리워 보고 싶어
被遺忘之名	잊혀진 이름
白天讓陣風	낮에는 바람이
朗讀	읽고 가고
夜晚讓星辰	밤에는 또 별빛이
朗誦	읽고 가리라.

第三章

現在已經很好

花朵問候

風迎面撫來的街道
遇見了許久未見的人
你不是林博士的兒子嗎？
現在宅院裡針葉天藍繡球還一樣盛開嗎？
針葉天藍繡球嗎？我不擅長照顧
花開得比起父親健在時少了許多
不過幸好還留著花，太好了
林博士家中的針葉天藍繡球可是很有名的
是啊，朴龍來老師也曾來訪過
飲著藥酒，哭著說針葉天藍繡球真美
看來你也認識愛哭的詩人朴龍來老師啊
當然，我當然認識
今年的春彷彿將近，春息
湊了上去，想參與兩人的話題
嘻嘻笑著

꽃 안부

바람 부는 길거리에서

오래 못 만난 사람을 만나 인사를 나누었다

임 박사님 아드님 아니신가요?

지금도 그 집에 꽃잔디가 여전한지요?

꽃잔디요? 제가 잘 기르지 못해

아버지 계실 때부다는 많이 줄었습니다

조금이라도 남았다니 다행입니다

임 박사님 댁 꽃잔디 유명했는데요

그러게요 박용래 선생이 우리 집에 와

약주 자시고 꽃잔디가 곱다고 울기도 하고 그러셨지요

울보 시인 박용래 선생을 아시는군요

그럼요 저도 알고말고요

올해도 봄이 오려는지 봄기운이

두 사람의 대화에 끼어보고 싶은 얼굴을 하고

배시시 웃고 있었다.

Leesle 韓服

每至冬天，我會穿上改良的韓服長袍
總覺得只要套件長袍，心頭就很自在
這套韓服眾人看了也稱讚合適
有別於其他長袍，這件如同嬰兒外衣的長袍
是全州車站前 Leesle 韓服的年輕設計師 Hwang Leesle 所設計的衣服
這份舒適感或許正因為像是穿上嬰兒服，所以讓人感到心安
真好，即便上了年紀，也穿上嬰兒的服飾，自在生活吧
像再次回到孩提時期那般
那麼縫製衣服給我的 Hwang Leesle 或是其他的縫紉師
也猶如我的母親，那份感激之情油然而生

리슬 한복

겨울철만 되면 입고 다니는 개량한복 두루마기 한 벌
왠지 모르게 그 두루마기만 입으면 편안한 느낌
보는 사람들도 잘 어울린다고 말해주는 한복
다른 두루마기와 달리 배냇저고리를 닮은 두루마기
전주역 앞 리슬 한복집 젊은 디자이너 황이슬이 민들어준 옷
어쩌면 편안한 느낌이 배냇저고리를 닮아서 그런 건 아닐까
좋다 어려서 어머니 품에 안겨 배냇저고리 입고 편안했으니
늙어서도 배냇저고리 닮은 옷을 입고 편안하게 살아보지
다시 어린아이로 돌아가 살다가 가는 거야
그렇다면 이 옷 지어서 입혀준 황이슬이 또 다른 한 사람
나의 모친이구나 고마운 마음 가슴에 안아본다.

當我們不存在的那天

老婆，與朋友們碰面時多吃幾頓飯吧，當我們離開世界後，讓人們認為我們是能一同吃飯的存在。

老婆，如果我們擁有兩份物品，將其中一件分給別人吧，當我們離開世界後，讓人們認為我們是不吝嗇分享的存在。

老婆，與話多的人相遇時，再聽他多說幾句吧，當我們離開世界後，讓人們認為我們是善於傾聽的存在。

沒有時間了，我們所剩的時日不長，每一天都要盡心盡力，一寸光陰一寸金。

우리가 세상에 없는 날

여보, 아는 사람들 만나 끼니때가 되거든 밥이라도 자주 먹읍시다. 우리가 세상에 없는 날 사람들 우리더러 밥이라도 같이 먹어준 사람이라고 말할 수 있게.

여보, 우리가 가진 것 둘이 있다면 그중에 하나는 남에게 돌립시다. 우리가 세상에 없는 날 사람들 우리더러 자기가 가진 것 나눈 사람이라는 말이라도 할 수 있게.

여보, 무언가 하고 싶은 말 많은 사람 만나거든 그 사람 말이라도 잘 들어줍시다. 우리가 세상에 없는 날 사람들 우리더러 남의 말 잘 들어준 사람이라는 말이라도 할 수 있게.

시간이 없어요. 우리에겐 시간이 많지 않아요. 하루하루가 최선의 날이고 순간순간이 그야말로 금쪽이에요.

鼻梁上的 OK 蹦 —— 大尉護理官金惠珠[5]

真美
真美麗
鼻梁上貼著 OK 蹦

聖潔無比
偉大崇高
拯救世人的那顆心

滿是感謝
熱淚湧現
我們自豪萬千的女兒啊

疫情肆虐時，堅守大邱
正因為擁有如此珍貴的女兒
我們無所畏懼

明日來臨時
我們立下誓約
必定再次起身面對

---

5 新冠肺炎期間分派至疫情嚴重地區的大尉護理官，當時護理人員們不畏四季變化，每日謹守崗位穿上防疫服裝，並在被口罩磨破的鼻梁貼上 OK 蹦，採訪片段經由 KBS 電視台報導播出。

콧등 위에 반창고 — 간호장교 김혜주 대위

예쁘다
예쁘시다
콧등 위에 반창고

거룩하다
거룩하시다
사람 살리는 저 마음

고마워요
눈물 납니다
우리의 자랑스러운 딸

코로나, 대구를 지키는
저런 딸이 있기에
우리는 기죽지 않습니다

우리는 내일을 또
기약할 겁니다
다시 일어설 수 있겠습니다.

內馬尼科德穆

非洲的坦尚尼亞，即使施打黃熱病的疫苗

也無法橫跨天空，越洋抵達

像極我小時候，那樣貧窮悲慘的環境

她像我最小的妹妹，也像國小時

只敢遠觀，獨自暗戀的

女孩，那名女孩

年僅九歲，雙眼明亮，臉頰瘦長，美麗的孩子

她的名字是內馬尼科德穆

雖想見上一面，卻未能實現

即使住在乾旱地區，那孩子卻有對

盛滿兩池淨水的雙眼

那孩子的雙眼如晴朗夜空中的星光

買了一整袋的上學用品，還買了兩個書包

也買了餅乾、衣服，甚至買了一顆足球

但最後還是無法轉交給她

雖然不知道是何日，但那孩子

要是心懷夢想，不放希望

有朝一日，我們必定會相逢

直到相見前，請將那兩座深邃清澈的井水

悉心守護，好好長大

請將那如夜空的星辰般閃爍的心

好好珍惜，靜靜等待

네마 니코데무

아프리카 탄자니아, 황열병 예방주사 맞고도

하늘길 막혀 가지 못했다

내 가난하고 서럽던 어린 날

막냇누이 같고 초등학교 시절

멀리서 바라보며 혼자서 좋아했던

여자아이만 같은 여자아이

겨우 아홉 살 눈이 맑고 얼굴이 갸름하니 예쁜 아이

그 이름 네마 니코데무

보고 싶었으나 끝내 보지 못했다

물 없는 땅에 살았어도 철렁 깊고도 맑은 물

새암물 두 채 같은 눈을 가진 아이

깨끗한 밤하늘의 별빛 같은 눈을 가진 아이

학용품도 한 가방 사놓고 배낭도 두 개 사놓고

과자며 옷가지, 축구공도 하나 사놓았는데

끝내 전해주지 못하고 말았네

그러나 아이야 언제일지는 몰라도

마음에 꿈이 있고 소망의 끈을 놓지 않는다면

분명 우리가 만날 날이 오기는 올 것이다

만나는 그날까지 맑고도 깊은 두 개의 우물물

잘 지키며 잘 자라고 있거라

밤하늘의 별빛같이 초롱한 너의 마음

잘 간직하며 기다리고 있거라.

地球的女兒——鋼琴家宋悅雲[6]1

與樂音一同逝去，與樂音一同重生

化作徐徐微風，轉為蕭瑟秋風，不，是晨露

更是空中鳥雀的振翅，輕輕地，更輕微地

不，不是的。是澆潤大地的溪水，更是強勁的河水

猛地衝向高空，再次活湧

浸濕大地，滋潤天空，餵養人類之林

樂音之力何以如此美麗哀戚又強烈

縈繞簇擁地球

即便是邁入晚年的這顆行星，聽見這股樂音的地球也能

獲取力量，注入氣息

忘卻擔心，輕聲細語

女兒啊，女兒，我美麗的女兒，請妳永遠用樂音伴我們左右

---

6 宋悦雲，首位獲得柴可夫斯基國際音樂比賽的韓國人，於 2011 年奪得鋼琴項目銀牌。

지구의 딸 — 피아니스트 손열음 1

소리와 함께 죽고 소리와 함께 다시 살아난다

살랑바람으로 소슬바람으로 아니 이슬로

하늘 나는 새의 날갯짓으로 가볍게 가볍게

아니 아니 강물로 대지를 질펀히 적시는 힘센 강물로

불끈 솟아 다시 살아난다

대지를 적시고 하늘을 적시고 인간의 숲을 적신다

소리의 힘 어찌나 아름답고 서럽고 힘이 센지

지구를 감싸 안고 돈다

말기의 행성인 지구도 그 소리를 듣고 잠시

힘을 얻어 고른 숨을 쉰다

걱정 근심을 놓고 속삭인다

딸아 딸아 어여쁜 딸아 너 오래 힘께 우리와 있어다오.

優雅的女子——鋼琴家宋悅雲 2

聚集大海，往山裡傾注
造就山岳，往海裡傾倒
優雅女子的指尖啊

摺起天光，向土地摔
捲起土地，向天空灑
是響亮的寂靜與沉寂

身體即是樂器
表情與動作即是樂音
那名優雅的女子與我
同為韓國人民，使人澎湃不已

어여쁜 여자 — 피아니스트 손열음 2

바다를 몰아다 산에다 들이붓고
산을 지어다 바다에 내던지는
어여쁜 여자의 손가락이여

하늘을 거두어 땅에 내동댕이치고
땅을 말아서 하늘에 뿌리는
우렁찬 고요와 침잠이여

몸이 그대로 악기
표정이며 몸짓이 그대로 음악
저 어여쁜 여자와 더불어 내가
한국 사람인 것이 못내 가슴 벅차다.

香氣	향기로

香氣	향기는
從不自傲	자랑하지 않는다
香氣	향기는
從不固執	고집부리지 않는다
僅是合為一體	다만 하나가 되어
彼此相愛罷了	서로를 사랑할 뿐이다
請你	당신,
成為我的香氣	나의 향기가 되어주십시오.
	향기로

客人　　　　　손님

因自遠方而來　　　　먼 데서 왔다고
當作車資　　　　　　차비로 쓰라고
送行至大門前　　　　대문까지 나와
遞出一枚裝錢的信封　돈 봉투 하나를 내밀었다

口袋還有　　　　　　주머니에 넣은 차비가
剩下的車資　　　　　아직은 있다고
因此沒有收下信封　　돈 봉투를 끝내 받지 않았다
不過心情挺不錯　　　기분이 나쁘지 아니했다

大概主人也　　　　　그건 아마 주인도
一樣　　　　　　　　그랬을 것이다.

瘋狂首爾

假如是你，如果
那個人是你
我願意被你抓去
一輩子成為啞巴
一輩子耳聾，雙腿癱瘓
在你身邊也不錯

只要能看著你的眼
只要能仰望你的臉
一次也罷
夢想成為能被你擁入懷的寵物

在你美麗的腳趾頭下
蜷坐在你赤裸的腳底
淚眼婆娑地仰望天空般
只仰望著你的眼
彷彿成了一頭寵物

미친 서울

너라면, 바로 그
사람이 너라면
너한테 붙잡혀서
한 생애를 벙어리로 살고
귀머거리 앉은뱅이로
살아도 좋겠다

너의 눈만 들어다보며
너의 얼굴만 올려다보며
한 번이라도 너에게
안겨볼 날을 꿈꾸는 애완견 되어

네 예쁜 발가락, 네
맨빌 아래 웅크려 주지앉은 채
눈물 그렁그렁 하늘 우러르듯
너의 눈만을 우러러
마치 한 마리 반려견 되어.

別無他法——懷念直指寺

佛祖所指
為何方？
是極樂淨土，蓮花的國度
無憂無慮，無欺無騙
毫無病痛之地

我想去那個地方
我想去那，成為風
成為樹、成為草、成為蟲
我只想成為
微風和草木的樹蔭

不、不是的
我真的
什麼也不想當
只想成為那裡被風吹散的
虛空罷了

若有眷戀或不甘
可以成為僧人照顧的田園裡
那帶綠的菜葉
在牆垣探頭探腦的餘暉
或是一道月光

現在
無論你能否認得我
我也別無他法了

나도 어쩔 수 없어요 — 직지사 그리움

부처님 손으로 곧장
가리키시는 곳, 어디인가요?
그곳이 극락의 정토 연꽃의 나라
세상의 근심 없고 거짓 없고
아픔 없는 곳

나 그곳에 가고 싶어요
그곳에 가서 그냥 바람이 되고
나무나 풀이 되고 벌레가 되고
그냥 바람과 수풀의 그늘이
되고 싶어요

아니에요 아니에요
나 정말은 아무것도
되고 싶지 않아요
그냥 그곳에서 바람에 흩어지는
뎅그렁 허공이 되고 싶어요

정이나 억울하고 분하면
스님들 가꾸시는 채소밭
푸른 잎 채소가 되든지 말든지
담벼락에 기웃대는 저녁 햇살이나
달빛 한 줌이 되든지 말든지

이제는
당신이 알아보든지 말든지
나도 어쩔 수 없어요.

下山路

相遇即使僅有短暫一次

卻能因深刻的交流

難以忘懷

下山路所聽聞的

年幼詩人的畢生經歷

寺廟前新種植的花園

踉蹌的步伐聲

山寺間的風與風鈴聲響

溪水聲及稠李樹與山楂果樹

石子鋪成的路和東明僧人

啊，以及一切有生命的萬物與無謂的事物

僅存的思與慕

無解的惋惜和無法抹去的

悲傷雲霧

以及吩咐我別跌倒

伸手抓住我的殷作家

那又小又可靠的手……

하산길

만남은 비록 한 번이고 짧았지만
함께한 시간 깊고 그윽했기에
잊히지 않을 것이네
하산길 전해 들은
어린 시인 지망생의 일생과
절간 앞에 새로 일군 꽃밭과
휘청 비틀거린 발걸음과
산사의 비람과 풍경 소리와
물소리와 귀룽나무와 산사나무와
돌자갈밭 비탈길과 동명 스님과
아 모든 것들의 생명과 부질없음과
그래도 남는 그리운 마음과 사랑과
안타까움과 끝내 지워지지 않는
안개구름의 서러움과
넘어지지 말라고 잡아주던
은 작가의 작고도
야물딱스럽던 손과…….

遠方

想一探尼泊爾的喜馬拉雅山
一名詩人正要離家遠去
詩人的父親開口問道
兒子，你這次要去哪裡？
父親
我這次要去很遠很遠的地方
很遠的地方？
好，注意身體，平安回來吧
當兒子動身前往遠方時
父親去了更遠的地方
旅行
那是兒子在地圖上遍尋不到的
遠方

먼 곳

네팔 히말라야를 보러 가려고
집 떠나는 시인에게
시인의 아버지가 물었다
아들아 이번엔 어디로 가는 거냐?
네, 아버지
이번에는 아주 먼 곳으로 갑니다
먼 곳이라?
그래, 부디 몸 성히 잘 다녀오너라
아들이 그 먼 곳에 가 있는 동안
아버지는 그만 더 먼 곳으로
여행 떠나고 말았다
그곳은 아들의 지도에도 없는
먼 곳이었다.

重興寺——東明僧人   중흥사에서 — 동명 스님

隨心到訪   함부로 쉽게 왔지만
無法隨心離去   함부로 쉽게는 가지 못하리

溪水聲，風聲   물소린가 바람 소린가
我心混雜的聲   내 마음속 소란 소린가

極力抓緊我   한사코 나를 붙잡고
不放手   놓아주지를 않네.

*

東明僧人在十多年前尚未出家時，是名為車昌龍的詩人，他與我碰面時，是擔任北漢山重興寺總務僧人時的事了。以下是他的回贈詩。
首次相遇宛如重聚／無須言語早已千言萬語／離開並非真正離開／離開是下次再會的約定——＜在重興寺與羅泰柱詩人的相遇＞

동명 스님은 십 년 전 속가에 계실 때는 차창룡 시인. 내가 만났을 당시는 북한산 중흥사 총무 스님. 아래와 같은 답시를 보내왔다.
"처음 만났지만 오래 만난 것처럼/말하지 않고도 많은 말을 했네/가신다고 아주 가심 아니지만/가시면 다시 오심 무엇으로 기약하리." — 「중흥사에서 나태주 시인과의 만남」

189

山中詩人 ── 東明僧人

僧人啊
確切來說，是山中的詩人
在那與世隔絕的深山內
帶著一副爽朗明亮
天真單純的笑容！
比起世界上的任何一株花
還要燦爛絢麗
我最終在那處
掏空自己，卻看見
更豐富的世界
放下一切，仍遇見
更寬廣深厚的心境
詩人吶
僧人吶

在那翠綠樹旁
伴隨風聲、溪水聲
風鈴聲響，浸潤寧靜
在細語間靜謐
如同現在，宛若昨日
也像明日般，長長久久
沿著稠李樹
像那稠李樹
樹根在石階梯邊錯置
活得長久，盎然長青
更要在長壽的山楂樹一旁

*

幾天後，東明僧人寄來的回贈詩。

我並非詩人／你才為詩人／你是稠李樹／你是四照花樹／你是稠李木／你是／大斑啄木鳥／你是鴛鴦／你是烏鴉／你是山椒魚／你是尖頭鱥／你是水黽／你是水／你是山／你是天／你是晚霞／你是雲霧／你是晨露／你是詩人／你的一切皆是詩人／若是紙張不足／我欲成為你的紙張／我是一張紙／在紙上寫詩／將是／我的榮幸──獻給羅泰柱詩人

산 시인 — 동명 스님

아, 스님
아니 산에서 사는 산 시인님
그 깊고도 서러운 산속에
그토록 맑고도 환한 얼굴
천진한 웃음이라니요!
세상의 어떠한 꽃이 그토록
환하고 그윽하리요
나 비로소 그곳에서
비워내고서도 가득한
세상을 보았다 하고
내려놓고서도 완전하고
넉넉한 마음을 만났다 하리
부디 시인이시여
스님이시여

그 나무들 푸르름 곁에
바람 소리 물소리
풍경 소리 곁에 적막 고요
속살 곁에 그냥 계시라
지금처럼 어제처럼
또 내일처럼 오래오래
귀룽나무들 데리고
귀룽나무처럼
돌밭길 계단 다리 삐긋
오래 살고서도 여전히 청청
더 오래 살 산사나무 그 곁에.

*

머칠 뒤, 동명 스님이 보내준 답신은 이러했다.
"저는 시인이 아닙니다/당신이 시인입니다/당신이 산사나무입니다/당신이 산딸나무입니다/당신이 귀룽나무입니다/당신은/오색딱따구리입니다/당신은 원앙입니다/당신은 까마귀입니다/당신은 도롱뇽입니다/당신은 버들치입니다/당신은 소금쟁이입니다/당신은 물입니다/당신은 산입니다/당신은 하늘입니다/당신은 노을입니다/당신은 안개입니다/당신은 이슬입니다/당신은 시인입니다/당신의 모든 것이 시인입니다/혹 지면이 모자라시면/제가 지면이 되어드리겠습니다/저는 종이입니다/그 종이 위에 시를 쓰시면/저는 그것으로/영광입니다." — 나태주 시인께

191

兩位詩人

住在束草的兩位詩人，結束位於江陵的文學活動

搭車返家

路途中遇見了雪

那場雪，並非一般飄落的雪花

而是遮天蓋地的紛飛大雪

惴惴不安的公車司機，覺得再也無法前行了

將車子停下

兩位詩人走下車，走上覆雪道路

他們穿過積累至膝蓋邊的大雪

兩位詩人牽起手，唧唧咕咕談天

走過雪地

回到束草的家，已是凌晨三點

那是懷舊時代與感性之人的故事

他們分別是李聖善[7] 和崔明吉[8] 兩位詩人

我直到後來才知道，那就是他們的一生

---

7 李聖善（1941-2001）詩人，同時也是環境運動家，詩句擅於抒發關於自然環境之情感，又有「雪嶽詩人」的稱號。
8 崔明吉（1940-2014）詩人，喜好登山，將常透過實驗精神將自身領悟寫進自然主義的抒情詩。

두 시인

속초에 사는 두 시인이 강릉에서 문학행사를 마치고

버스를 타고 집으로 돌아가는 길

눈을 만났다

눈이라도 그냥 내리는 눈이 아니라

천지를 가리며 흐벅지게 내려 쌓이는 큰눈이었다

벌벌 떨며 운전하던 운전기사가 더는 못 가겠노라

차를 세워버렸다

두 시인은 버스에서 내려 눈길을 걷기로 했다

사람 무릎 높이까지 쌓인 눈길을

두 시인은 손을 맞잡고 두런두런 이야기 나누며

헤쳐나갔다

속초의 집에 돌아왔을 때는 새벽 세시

참으로 그건 그리운 시절 정다운 사람들 얘기

그 두 시인의 이름은 이성선과 최명길

그것이 그들의 일생이었음을 나는 뒤늦게 알게 되었다.

李聖善詩碑　　　　　이성선 시비

詩人的詩碑　　　　　　시인의 시비는

立於他的故鄉　　　　　시인의 고향마을 구석진

在舊家原址的空地　　　옛집이 있던 빈터에

宛如與世隔絕的人　　　귀양살이하는 사람처럼

獨自坐落那兒　　　　　혼자 외롭게 서 있었다

像是遇見　　　　　　　생전의 이성선 시인을

生前的李聖善詩人　　　다시 만난 듯했다

了然一身，叫人慚愧　　깔끔하고 머쓱했다.

悲願   비원

好想回去   돌아가고 싶다

我的夢   꿈은 오직
只有一個   하나

回家   집으로,
回到你身邊   당신 곁으로.

家人　　　가족

孩子與父親，兩人同住　　　아빠와 단둘이 사는 아이

學校老師　　　학교에서 선생님

問他，家裡有幾個人　　　가족이 몇이냐 물었을 때

「我家沒有家人」　　　우리 집은 가족이 없어요

這個回答　　　대답했다는 그 말

使人心痛　　　새삼스레 가슴 아프다

那孩子，雖不是　　　그 아이가 내 손자 아이가

我的孫子，還是讓人心痛　　　아니라 해도 마음 아프다

對孩子而言，母親　　　아이에겐 엄마가

才是家人　　　가족의 전부였던 것이다.

聖誕節　　　　　성탄절

我喜歡你的笑容　　　　너의 웃는 얼굴이 좋았다
我喜歡你的謙虛　　　　너의 겸손이 좋았고
我喜歡你溫柔的心　　　너의 부드러운 마음이 좋았다

因此我愛上你　　　　　그래서 너를 사랑했고
祝福你　　　　　　　　너를 축복했고
選擇你　　　　　　　　너를 선택했다

然而你的笑臉皆是虛假　그러나 너의 웃는 얼굴은 가짜였고
謙虛實為驕縱　　　　　겸손은 오만이었으며
溫柔的心藏有刀　　　　부드러운 마음속에 칼날이 있었다

我要收回這份愛　　　　이제 너에게 준 사랑을 거두고
收回我的祝福　　　　　축복을 거두고
取消選擇　　　　　　　선택을 또한 거둔다

從今開始，你的國度　　이제부터 너의 나라에는
不再落下　　　　　　　이맘때 나의 약속으로 내리던
我所承諾過的雪花　　　눈이 내리지 않을 것이다.

沒有我

　　世上有著根本沒有我的一天。我不在家，不在賺錢餬口的學校，不在常和後進詩人們談天說笑的餐廳或小酌之處。也不在退休後曾任職一陣子的文化院，不在活動會場，不在和妻子一同散步的水源地，不在市區，不在街道，無論如何遍尋都不見蹤影。不在文化雜誌的目錄上，去年出版過的詩集也沒有我的名字，甚至在文人通訊錄也找不到我。那麼我究竟在哪裡？在曾教導過的孩子的記憶中嗎？或是在我的家人，我的妻子、我的兒女心中嗎？我喜歡獨自散步，喜歡觀察花草，那麼會在某處低下身子與草花對話，或是拿起畫筆畫草花嗎？或是化為花草的一瓣，搖曳風中呢？抑或是自個兒聽著鳥啼，沉浸在啼叫聲了嗎？儘管怎麼努力尋找，就是找不到我，待找得累了、倦了，回來的路上，於江邊小路看見一名身材矮小，騎著自行車的年邁男子，那是輛老舊的綠色自行車，他正騎往某處，看來不像有既定的目的地或要事在身，他就只是緩緩地騎著，老兄，你要去哪？他抬頭望向我，正是我自己，啊，原來那是我，我不在世上的他處，正在眼前呢。

내가 없다

세상에 내가 아예 없는 날이 있다. 우선 집에 없고 오랫동안 밥벌이하던 학교에 없고 친구나 후배 시인들이랑 어울려 노닥거리던 음식점이나 술집에 없다. 그렇다고 정년 후 한동안 일하던 문화원에도 없고 행사장에도 없고 아내와 함께 다니던 수원지 산책로에도 없고 시내 어디 길가에도 없다. 아무리 자세히 둘러보아도 없다. 문학잡지 목차에도 없고 지난해 발표된 좋은 시 가려 뽑아 만든 책에도 내 이름은 빠져 있고 더러는 문인들 주소록에도 빠져 있다. 그러면 도대체 나는 어디에 있단 말인가? 내가 가르친 수없이 많은 아이들 추억 속에 있는 걸까? 아니면 우리 가족들, 아내나 우리 집 아이들 마음속에 있는 걸까? 혼자 걸어 다니는 걸 좋아하며 풀꽃을 좋아했으니 어디쯤 쭈그리고 앉아 지금 풀꽃을 보고 있거나 풀꽃 그림을 그리고 있는 걸까? 이예 풀꽃 꽃잎에 꽃물이 되어 스며버린 걸까? 그 옆에 새소리 혼자 듣다가 또 새소리 속에 빠져들어가버린 걸까? 아무리 찾아도 나는 없다. 찾다가 찾다가 지쳐서 돌아오는 길. 강변으로 뻗은 좁은 길로 자전거 타고 가는 자그만 몸집의 한 남자 노인을 보았다. 낡은 초록색 자전거였다. 어딘지 가고 있었다. 목적지가 있거나 볼일이 있는 것도 아닌 성싶었다. 그냥 천천히 가고 있었다. 노형, 지금 어디를 가시는 거요? 얼굴을 들어 이쪽을 보는데 그게 바로 나였다. 아, 저기 내가 있었구나. 나는 세상 어디에도 없고 그렇게 거기 있었다.

眷念佳人

哪怕在路上也願是起風的
轉角
在那兒相遇
在那兒來回徘徊

兩個人是風
兩個人是塵
更是草葉

哪怕在小巷也願灑有月光
徘徊於小巷
我們笨拙地牽起手
生疏笑了

然後凝望彼此的
雙眼，讓眼淚
打轉後離別

最後，我們
是風，是塵
再次成為月光

가인을 생각함

길이라도 바람 부는
모퉁이길
우리는 만났다
만나서 서성였다

둘이서 바람이었고
둘이서 먼지였고
또 풀잎이었다

골목이라도 달빛
서성이는 골목
우리는 서툴게 손을 잡았고
서툴게 웃었다

그리고는 서로의 눈을
들여다보며 눈물
글썽이다가 헤어졌다

끝내 우리는
바람이었고 먼지였고
또다시 달빛이었다.

沒有蒂頭[9]的車

四歲左右
才剛牙牙學語時
媽媽，我以後結婚了
要坐沒有蒂頭的車
回來喔
童言童語的口頭禪
那個女兒長為大人
嫁人後
成為兩個孩子的媽
畢業後當上大學老師
四十多歲時
總算駕著沒有蒂頭的車
來公州演講的路上
順便回家
我的母親，打從一早
雀躍地忙東忙西
張羅

要煮給孩子吃的飯菜
我女兒，今天
要開自己的車回家
她的雙頰紅潤有生氣
那張爬滿皺紋的臉
也像極了
夏季正午盛開的木蘭花。

---

9 指計程車上的車頂燈，而沒有車頂燈的車則指自用轎車。

꼭지 없는 차

네 살배기 겨우

말을 익혔을 때

엄마 나 이담에 시집가

꼭지 없는 차 타고

집에 올 거야

입버릇처럼 말했는데

그 딸아이 어른 되어

시집가 아이

둘 낳은 엄마 되고

공부하여 대학교 선생님 된 다음

마흔 살도 넘어

비로소 꼭지 없는 차 다고

공주로 문학강연 하러 오는 길에

집에 들른다 한다

저의 엄마 아침부터

마음이 들떠

아이에게 해줄 밥을

준비하면서

우리 딸아이 오늘

자가용 몰고 집에 온대요

상기된 낯빛으로 말하는데

그 얼굴이 또 주름진 대로

활짝 핀

여름 대낮 함박꽃이었다.

多管閒事

首爾光化門前
看見教保生命的標誌
那是新羅或百濟時期
宮中婦女
繫在腰間的
裝飾品模樣
以此為發想設計而成
祈求女子多產
以胎兒於腹中形狀[10]
所打造而成
仔細說明標誌背後的深遠意義
此時，有一人說
我以為只是綠色的鳥
另一個人又說
我還以為是青豆……
聽完兩人的話語
心想自己真是多管閒事
就讓他認為是綠鳥
以及青豆
不應該管的事
硬是多管了閒事

---

10 名為勾玉，成月牙狀，大多以翡翠製成，而呈現青綠色，上頭鑿洞能穿繩繫腰。

괜한 일

서울 광화문 거리
교보생명 로고를 보고
저것은 신라나 백제 시절
궁중의 아낙들이
허리춤에 찼던
장식품을 모델로 해서
만든 거라고 얘기해줬다
다산을 비는 마음으로
엄마 배 속의 태아 모양을
본떠서 만든 거라고 제법
유식한 설명까지 달아 말해주었다
그러자 한 사람이 말했다
나는 파랑새인 줄 알았어요
또 한 사람이 말했다
나는 강낭콩인 줄 알았는데……
두 사람 말을 듣고 보니
괜히 말해줬다 싶었다
그냥 파랑새로 알고
강낭콩으로 알게
내버려둘 것을
괜한 일을 저질렀구나 싶었다.

零分媽媽

從一位年紀比我輕

但子女也已成為大學生的友人

聽見了的動人故事

當他的兒子就讀小學一年級

聽寫測驗時

孩子拿了零分

孩子回到家，告訴媽媽，我今天在學校

考了零分

孩子神情沮喪，而母親

卻微笑著說，你考了零分嗎？

那我們叫鄰居的孩子們，一同來開麵包派對 [11]

去麵包店買許多麵包，再叫上朋友

嗯，聽說好像真的開了麵包派對

在那之後，兒子的學業怎麼樣了？

長大後立志考上一流大學

最後真的如願考取志願學校，那麼

那麼，這位母親是零分媽媽嗎？

沒錯，她是位跟麵包一樣圓乎乎

美味又有貢獻的母親

孩子考了零分，媽媽舉辦烤麵包派對，確實是零分媽媽，這其中

揉進了我們人生裡最美麗又高深的智慧

---

11 韓文零分「빵점」字同麵包「빵」以此為諧音

빵점 엄마

나보다 훨씬 나이가 어린 사람
그러나 이미 대학생 부모가 된 사람에게서
들은 이야기가 감동적이다
자기 아들이 초등학교 일학년 들어가
받아쓰기 시험 볼 때
빵점을 맞은 일이 있다 한다
아이가 돌아와 엄마 나 학교에서
빵점 맞았어요
시무룩하게 말할 때 엄마는
화들짝 웃으며 그래 빵점 맞았다고?
그러면 우리 동네 아이들 불러 빵 파티 하자
제과점에서 빵 사오고 아들의 친구들 불러와
글쎄 빵 파티를 했다고 한다
그런 뒤 그 아들 지금은 어찌되었나?
자라서 일류대학 제가 끝내 들어가고 싶어
소원하는 대학에 들어갔다 그런다
그렇다면 그 엄마는 빵점 엄마일까?
맞아 빵같이 둥글둥글하고 맛있어 쓸모 있는
엄마가 분명해
빵점, 빵 파티, 빵점 엄마, 그 속에 우리네 삶의
아름답고도 깊은 곡절이 들어 있다.

告別式日記

住在仁川的表舅與世長辭

小時候住在外婆家時

曾與同住一個屋簷

是位心地善良之人

雖然一生貧窮，才學不高

但他擁有良善的心與溫厚的個性

使得這一生平平安安

一九三五年生，享壽八十五歲

雖是不短的人生歲月

卻令人唏噓

癌症侵襲，飽受病痛

進到安寧病房後

再也沒有回家

這樣子啊，這樣子啊

一個人的結局，就是這樣子啊

是啊，肯定都是如此吧

囑咐我們別去告別式

只讓直系家屬進行火葬

再安置於骨灰堂

我心沉悶，鬱卒難言

疫情，因為疫情，哪都去不了做不了
這就是最近的告別式實景
宛如孩子用鉛筆在筆記本寫上歪斜字體
再用橡皮擦磨來拭去的光景
過不了多久，我也會像那樣
擦去在地球上的風景

장례 일지

인천에 살던 사촌 외숙이 소천했다

어려서 외갓집에서 살 때

더러는 같은 집에서 살기도 했던 분

마음씨가 좋았다

지극히 가난하고 불우하고 배움도 부족했지만

착한 마음씨 유순한 성격 하나로 세상을

그래도 편안히 잘 건너간 분이다

1935년생 85세

그렇게 적게 산 인생은 아니지만

많이 섭섭하다

그동안 암이 발병하여 고생한다더니

호스피스 병동으로 들어가 끝내

집으로 돌아오지 못했다

그렇구나 그렇구나

한 사람의 끝 날이 그렇구나

그렇지 다 그렇게 마련이지

장례식장에 오지도 말란다

그냥 직계가족들끼리 화장으로 모셔

납골당에 안치한다 그런다

마음이 띵하다 답답하다

코로나 코로나로 오도 가도 못 하는

요즘의 장례풍토

마치 공책에 연필로 쓴 아이들의 글씨

지우개로 박박 지우는 꼴이다

얼마 후에는 나도 그렇게

지구에서 지워지는 날이 있을 것이다.

石鏡——朴壽根[12] 畫家的畫前

父親，父親
儘管仰望遠山

母親，母親
儘管笑得歡喜

姊姊，姊姊
妳儘管美麗動人就好

在鳳仙花樹下
大大小小的醬缸台附近

將粗糙的石塊磨啊磨
磨到映照你的模樣為止

在那石鏡中，那幅圖畫內
永遠的天空

---

12 朴壽根（1914-1965）韓國美術史上重要畫家，以西洋美術技巧融入個人特色，運用顏料
繪製出花崗岩般的質地，其美術館位於江原道楊口郡，以花崗岩建造而成。

돌 거울 — 박수근 화백 그림 앞에

아버지 아버지
먼 산만 바라보시고

어머니 어머니
웃기만 하시고

누이야 누이야
너는 예쁘기만 하여라

봉숭아꽃 아래
옹기종기 장독대 근처

얼룩 돌 갈고 갈아
너의 얼굴 비칠 때까지

돌 거울에 그림 속에
영원의 하늘.

迷路天使——獻給正仁 [13] 的幼小靈魂

天上的小星星
天上的小天使
來錯了世界
迷失方向後再度回到天上

對不起，親愛的孩子
沒能更全心全意愛你
沒能更緊緊挽留你
心中唯有愧歉之情

回到天上後
不苦不痛，不哭不泣
幻為閃亮的星辰
生為絢麗的花朵

我們錯了，上天啊
您將天上的珍貴來客餽贈人間，然而
我們卻送還掛滿淚珠的她
人類只能跪下雙膝

---

13 16 個月大，遭養父母虐死的女童。事發於 2021 年，是撼動韓國社會的重大虐童案件。

길 잃은 천사 — 정인 아기의 영혼을 위하여

하늘나라 아기 별님
하늘나라 아기 천사님
세상에 잘못 내려와
길을 잃고 헤매다 가셨네

미안해요 아기님
좀 더 사랑해드리지 못하고
좀 더 붙잡아드리지 못해서
미안할 뿐이에요

하늘나라 가서는 부디
아프지 말고 울지두 말고
반짝이는 별로만 사세요
방긋방긋 꽃이 되세요

잘못했어요 하나님
우리에게로 온 하늘의 손님
울려서 돌려보낸 우리
다만 여기 와 무릎 꿇어요.

鋼鐵般的語言──緬懷趙鼎權 [14]

曾擁有鋼鐵般語言的詩人

用鋼鐵的語言
描繪雨滴
描繪山嶽
描繪花朵
描繪蝴蝶
描繪江水的那位詩人

極其高傲
極其孤獨
甚至極其美麗
更是耀眼動人

最後將自身的靈魂
幽禁於山頂
陰冷漆黑的墳墓
囚禁其身
永不願下山的詩人

那鋼鐵般的言語或許也曾負傷
滲出鮮血

如今已能稍微鬆懈
在天國一角，寧靜樹叢
遮蔭底下，身穿寬鬆襯衫
在風中溜達吧

我懷念你，趙鼎權
比起他人更加
嚴以律己的詩人
想必難以再次遇見
這樣的詩人

---

14 趙鼎權（1949-2017）詩人，文風強而有力如鋼鐵，帶有傲視人世的孤寂，同時在剛硬筆觸中流露柔軟真意。

강철의 언어 — 그리워라 조정권

일찍이 강철의 언어를 가졌던 시인

강철의 언어로
빗방울을 그리고
산을 그리고
꽃을 그리고
나비를 그리고
강물을 그렸던 시인

지극히 오만하였고
지극히 고독하였으며
더불어 아름답기까지 하고
눈부시기도 했던 시인

드디어 자신의 영혼을
산정으로 유폐시켜
춥고도 어두운 무덤에
가두어두고는 도무지
하산하려 하지 않았던 시인

강철 언어에 내상을 입어
피를 흘리기도 했으리

지금은 조금쯤 몸이 풀려서
하늘나라 뜨락 고요한 나무 수풀
그늘 밑을 와이셔츠 바람으로
거닐기도 하겠지

그리워라 조정권
누구한테보다 자신에게
정직했고 엄중했던 시인
다시는 이런 시인

尾端的房子——雞龍山陶藝村易素陶藝

世界盡頭的尾端

雞龍山脈的深谷

雞龍山陶藝村

裡頭最深處的房子

那座最尾端的房子

有一對陶藝家夫妻

那棟房子好風好水

希望那對丈夫與妻子

也能順風順水

끝 집 — 계룡산 도예촌 이소 도예

세상 끝 끝머리
계룡산에서도 깊은 골
계룡산 도예촌
그 가운데서도 끝 집
끝 집에 사는
도예가 내외
그 집에 끗발 있어라
그 사내와 아낙에게
부디 끗발 있어라.

等待的人

年過七十
健康日益衰退的妻子
經常對我說

這個世界需要你
你要活得長長久久才能來找我
我是個擅長等待之人
我會先去那兒等你

老婆，請別這樣說
別在那裡等我
在這裡多等我一會兒！

기다리는 사람

나이 칠십을 넘기고
날로 건강이 기우는 아내
자주 말을 한다

당신은 이 세상에 꼭 필요한 사람
당신이나 오래오래 살다오세요
나는 기다리기를 잘하는 사람
먼저 가서 기다려줄게요

여보 그런 소리 말아요
거기서 기다리지 말고
여기서 더 오래 기다려줘요!

院子內——陸根鐵[15] 詩人

特地告訴你一個好消息
我們家的梅花樹上的梅花
開了兩朵

揹起寒冬
竭力奔馳至春日再臨
呼喘氣息
張大了嘴

種下花朵的心情是這樣啊
我在花木下
猜想推測

今天也是在地球上，辛苦卻
美麗，同時交織傷感的一天
就這樣落幕

---

15 陸根鐵，詩人同時也身為大學物理系教授，在物理與文學間自由穿梭，結合兩種不同領域
的視角創作出獨樹一幟的詩風。

뜨락에서의 일 — 육근철 시인

모처럼 짧은 소식 전합니다
우리 집 매화나무 매화꽃
두어 송이 피었습니다

힘든 겨울을 등에 지고
바쁘게 달려와 봄이 왔노라
가쁜 숨 몰아쉬며
입을 벌렸습니다

꽃을 심어준 마음이 저렇거니
나는 또 꽃나무 아래서
짐작해 봅니다

오늘도 지상에서의 힘들지만
아름답고 서러운 한 날이
이렇게 저물고 있답니다.

人類之花

對方問道，有沒有更換電話號碼
我回答，不僅沒有更換電話號碼
也沒有更換其他事物

沒有換了妻子
沒有換了兒女
沒有換了住址
沒有換了騎自行車的習慣
沒有換了寫詩的工作
我對所愛之人的想法
也不曾改變
天空未變
土地也未變

語畢後她捧腹大笑
那位盛夏也穿戴黑色毛帽的女子
她說明天要去醫院進行化療
她是一朵花兒

사람 꽃

전화번호가 바뀌지 않았느냐 물었다
나는 전화번호를 바꾸지 않았을뿐더러
다른 것들도 바꾸지 않았다고 대답했다

아내도 바꾸지 않았고
아들딸도 바꾸지 않았고
집 주소도 바꾸지 않았고
자전거 타기도 바꾸지 않았고
시 쓰는 일도 바꾸지 않았고
내가 좋아하는 사람들에 대한 생각도
바꾸지 않았을뿐더러
하늘도 바꾸지 않았고
땅도 바꾸지 않았다고 말해주었다

그러자 그녀가 빵 터지며 웃었다
여름에도 검정 털모자를 쓰고 있는 여자
내일엔 항암주사를 맞으러 병원에 간다고 했다
그녀가 한 송이 꽃이었다.

秋去春來——朴龍來[16] 詩人

春季時，開著針葉天藍繡球

光看火紅的花瓣就令人雀躍

待秋日將近，白的、粉的波斯菊

偶爾摻雜著紅

單看花朵就使人血壓爬升

走路搖晃的中老年男子

早早蒼白的髮絲

細瘦纖長的身軀

思念你，懷念你

在春天的針葉天藍繡球前

在秋天的波斯菊後

春與秋之際

再次秋與春之際

---

16 朴龍來（1925-1980）詩人，文風抒情細膩，字裡行間流露出至深的鄉土情懷。

가을과 봄날 사이 — 박용래 시인

봄 되면 꽃잔디

붉은 꽃잎만 봐도 흥분하고

가을이면 코스모스꽃 하양 분홍

더러는 빨강

꽃잎만 만나도 혈압이 올라

비틀거리던 초로의 남정네

일찍 세어버린 하얀 머리칼

호리호리한 몸매

보고파라 그리워라

봄이면 꽃잔디 앞에서

가을이면 코스모스 뒤에서

봄과 가을 사이

또다시 가을과 봄날 사이.

祝福

今年也在五月五日

兒童節 [17] 早晨

與尹曉 [18] 詩人通話

在接近道別時，尹曉詩人

突然道聲

兒童節快樂

我呵呵笑起

我們哪算兒童！

掛斷電話後，我暗暗思忖

詩人必須要是兒童

這句話絕不是

空話

---

17 韓國兒童節為五月五日。

18 尹曉，於 1984 年投入文壇的詩人，著有詩集《波浪》（暫譯）。

축복

올해도 오월 오일
어린이날 아침
윤효 시인과 통화하다가
통화 마칠 때 느닷없이
윤효 시인
어린이날 축하드려요
그 말에 허허 웃으며
우리가 뭐 어린이인가!
전화 끝내고 생각해보니
시인은 어린이여야 한다는 말
결단코 그 말은
헛된 말이 아니었다.

瑪莉包萍 （Mary poppins） [19]

渴望搭乘飛機
飛往歐洲時
就去瑪莉包萍餐廳

只要去瑪莉包萍
能看見歐洲當地也沒有的
歐洲風情

能品嚐歐洲當地
也吃不到的
歐洲佳餚

而我最喜歡的是
義大利麵、麵包奶油義大利麵
還可以盡情享用可樂

一個小時的午餐時間
一個小時的餘裕
一個小時的浪漫與放鬆

只要去一趟瑪莉包萍
心情能好上幾天
胸口也愛滿懷

---

19 位於韓國公州的西餐廳。

메리 포핀스

비행기 타고 유럽에
가고 싶은 날은
메리 포핀스에 간다

메리 포핀스에 가면
유럽에 가시도 볼 수 없는
유럽이 있고

유럽에 가서도
쉽게 먹을 수 없는
유럽의 음식이 있다

무엇보다도 내가 좋아하는
파스타, 빠네가 있고
콜라를 맘껏 먹을 수 있어서 좋다

점심시간 한 시간
한 시간의 여유
한 시간의 낭만과 일탈

메리 포핀스에 다녀오면
하루나 이틀 기분이 좋고
가슴이 따스해진다.

母校前的路

那棵樹的軀幹如孩子手臂粗細時
我們也還年幼
現在上了年紀，佝僂腰桿
歪斜地站著
那棵校門前的銀杏樹
我也上了年紀，沒有人
認識我
我們活了真久
我們認識真久
彼此互看
相互問候

모교 앞길

그 나무 아기 팔뚝만 할 때
우리도 어렸을 때
지금은 늙어 허리 구부정히
삐뚜름 서 있는
교문 앞길 은행나무
나도 늙어서 아무도
알아보는 사람 없고
많이 살았지
그래 오래 만났지
마주 보며 이야기
주고받는다.

五月，露琪亞的庭院

有時世界是一片沙漠
人們是一片荒漠
甚至連我自己也如戈壁
成為大漠上的一匹駱駝，突然
有一間想造訪的店
公州露琪亞的庭院
那間茶坊如同乾旱世界裡的綠洲
拖著沉重步伐的疲憊人們呐
不妨拜訪片刻，歇息幾分

오월, 루치아의 뜰

가끔은 세상이 사막이고
사람들이 사막이고
나 자신까지 사막으로 느껴질 때
한 마리 낙타라고 생각될 때 문득
찾아가고 싶은 집이 있으니
공주 루치아의 뜰
목마른 세상에 오아시스 같은 찻집
고달픈 사람들 지친 발길
잠시 들렀다 가도 좋겠네.

空缺的位置——慶州的巴哈咖啡廳

不是他日
正是當下

不是他方
正是此處

即使看不見其容貌
聽不見其聲息

那人分明或遠或近地
守護著這裡

替他留了空位
沏了杯茶

用茶香代替
你的愛戀與憂愁

비워둔 자리 — 경주의 카페 바흐에서

다른 때가 아니지요
바로 지금

다른 곳이 아니지요
바로 여기

비록 모습 보이지 않고
숨소리 들리지 않지만

가까이 멀리 분명히
이쪽을 지켜보는 사람

그 사람 위해 앞자리
비워둔 채 차 한 잔

향기로 대신합니다
당신의 사랑과 걱정을 위해.

秋日問候	가을의 전갈
見面吧	만나자
秋天來臨時，見面吧	가을에 만나자 그 말에
這句話撲通一聲，比秋天	쿨렁 가을이 먼저
更快闖進內心	가슴 안으로 들어와
留下烙印	자리를 잡았습니다
現在是春末	지금은 봄의 끝자락
夏天甚至尚未靠近	아직은 여름도 아닌데
在河邊小道、山城小徑	강변 길 산성 길
一同走走吧，這句話	함께 거닐자 그 말에
比起縈繞的山徑	산성 길 굽이굽이
比起細長的河道	강변 길 멀리멀리
更快鑽進內心	마음속으로 들어와
鋪下蹤跡	펼쳐졌습니다
那是來自昔日，可愛的	그것도 오래전 어여삐
分手的人	헤어진 사람
那難以忘懷	오래 잊혀지지 않고
化作花朵殘留的人	꽃으로 남았던 사람
簡短的來信	짧은 전갈에.

小醫院

영세 의원

歲月痕跡
一幢老舊醫院

오래되어
낡고 허름한 병원

一名年老的護理師
一名年老的醫生

늙은 간호사 한 사람에
더 늙은 의사 한 사람

進進出出的患者
也是年老之人

드나드는 환자들도
늙은 사람들뿐

不過護理師面容親切
醫生細心診療

하지만 친절한 간호사와
더없이 섬세한 의사

小醫院安穩平和
幸好，太好了

평화가 거기에 있어
그나마 다행이었네.

蝸牛——致李御寧[20]詩人的《去杭亭頓海灘能遇見你嗎》

一輩子在肩上
揹著屋子過活，搖搖晃晃
踉踉蹌蹌

卻在某天
女兒驟逝
沉重的傷痛
使得肩上的重擔破碎滿地

「從理性至靈性」

蝸牛成了無殼蝸牛
痛苦且艱困地赤身爬行
與世長辭，升往天國
成為永生不死
生生不息之命

---

20 李御寧（1933-2022）前任韓國文化部長，韓國文化史上擁有舉足輕重地位的文人，著有
《從不相信到相信：無神論者與神的對話》。

민달팽이 — 이어령 시집 『헌팅턴비치에 가면 네가 있을까』에 드림

평생 무거운 집 한 채

등에 지고 다니며 허위허위

힘겹게 살았지요

그러다가 어느 날

어이없는 딸의 죽음

그 아픔과 슬픔으로

달팽이 등이 터져버렸습니다

'지성에서 영성으로'

민날뺑이 집이 없는 민달팽이

아프게 힘들게 맨몸으로 기어서

하늘나라로 돌아갔습니다

영원히 죽지 않는

목숨이 되었습니다.

我真的不明瞭——李御寧老師

「我不知道」
他這一輩子都不明瞭這句話

「我不知道」對他而言
是恥辱，是敗筆

他走至人生的後半段
才對死與愛

說著我真的不明白
像個孩子般懺悔

家電行的老闆
轉為骨董店老闆的瞬間

才真的深切地明白
唯有經歷過才明白的真理

정말 모른다고 — 이어령 선생

모른다는 말을 그는
평생 모르고 살았다

모른다는 말은 그에게
수치였으며 패착이었으니까

인생의 종반에 가서야 겨우
죽음과 사랑에 대해서만은

모른다고 정말 모른다고
어린아이처럼 고백했다

가전제품 가게 주인이
골동품 가게 주인으로 바뀌는 순간

정말로 아는 것이 무엇인가를
아는 사람만이 가능한 일이었다.

人間星辰 ——BTS，防彈少年團

國字七，數字 7
幸運的數字
生命的數字
宇宙秩序的數字

首先，幸運號碼是 7
一週有 7 天
母雞抱著雞蛋
破殼而出需要
3×7，21 天
孩子誕生後，於大門
掛金線的日子也是
3×7，21 天
天上的北斗七星也為 7，七顆星星

啊，地上也有七顆星
人間星辰
七個幸運

七位生命
七個秩序
七座宇宙

正是歌唱韓文歌曲的少年們
BTS，防彈少年團
雖素未謀面
但你知我知
世界皆知
韓國的驕傲
ARMY 的偶像

讓我一一呼喊他們的名
RM、Jin、SUGA、j-Hope、
Jimin、V、Jung Kook
將歌曲唱入人心
將珍貴的愛
種於人心的內心園藝師

替這座老化的地球
拯救蹣跚的地球
使它年輕躍動
使它充滿生命
使它康健有力
讓地球呼吸，讓地球安穩
這是你們的地上使命

用歌聲與舞台
撫過世界人們內心的大海
並用韓文歌曲與韓國舞蹈
讓世界的人為之振奮吧

讓難以喘息的人
呼出氣息吧
這是你們的地上使命

讓不懂愛
失去愛的人們
找回愛戀吧
因此最重要的是
你們也要健康強盛
也願你們的內心，充滿愛與平安

是七
也是 7
七名少年，如同青春
韓國所驕傲的七，天生歌者
七顆星辰
BTS，防彈少年團

사람의 별 — BTS, 방탄소년단

일곱, 7은
행운의 숫자
생명의 숫자
우주 질서의 숫자

우선, 럭키 세븐이 7
달력의 일주일이 7
어미 닭이 달걀을 품어
병아리를 깨는 날짜가
3×7이 21
애기 태어난 집 대문에
금줄을 거는 날짜 또한
3×7이 21
하늘의 북두칠성이 7, 일곱 개의 별

아, 이 땅 위에 일곱 개의 별
사람의 별이 있네
일곱의 행운

일곱의 생명
일곱의 질서
일곱의 우주

다름 아닌 한국의 노래하는 소년들
BTS, 방탄소년단
한 번도 만난 일 없지만
너도 알고 나도 알고
세계인이 알고 있는
대한민국의 자랑
아미들의 우상

한 사람씩 이름을 불러본다
RM, 진, 슈가, 제이홉, 지민, 뷔, 정국
세계인의 가슴에 노래를 심고
세계인의 가슴에 사랑을
심어 가꾸는 마음의 정원사들

늙어가는 지구 비틀거리는

지구를 살려라

젊어지게 하라

싱싱하게 하라

건강하게 하라

숨 쉬기 편하게 하라

그것이 그대들 지상명령

세계 사람들 마음 바다를 헤엄쳐 다니며

노래와 춤으로

그것도 한국말의 노래 한국인의 춤으로

세계 사람들을 싱싱하게 하리

숨 쉬기 어려운 사람들의

숨결을 살려내라

그것이 그대들 지상명령

사랑을 모르는 사람들

사랑을 잃어버린 사람들조차

사랑을 되찾게 하라

그러기 위해 무엇보다

그대들부터 강건하라 그대들

마음에도 사랑과 평안 있어라

일곱이여

7이여

일곱 소년이여, 청춘이여

대한민국의 자랑스런 일곱 노래의 일꾼

일곱의 별이여

BTS, 방탄소년단이여.

第四章

———

慢慢走吧

曲路

那些無法通融的事
謝謝你的寬容

那些無法等待的事
謝謝你的耐心

甚至讓我無須卑躬屈膝
我心滿懷感激

啊，已在前方不卑不亢走著的
那個人，原來就是你！

에움길

굽힐 수 없는 일을
굽히게 해주시니 감사합니다

기다릴 수 없는 일을
기다리게 해주시니 감사합니다

그나마 비굴하지 않게 하시니
더더욱 감사합니다

아, 저만큼 뚜벅뚜벅 앞서가는
한 사람, 당신이 이미 있었군요!

一則告白

在我認識你前，你早已認識我
在我凝視你前，你早已凝視我
以為是我選擇了你，但其實是你先選擇了我

與我同行，與我停息，與我入眠，與我共苦
與我起跑，喘氣吁吁，最後和我一同摔跤
你一直都在，只是我沒發現罷了

你不在前方，不在後方
你在我的身旁。不，你在我的心裡，你與我一同呼吸
你是我，我是你

啊，謝謝你，在未來也請和我
並肩走上險峻之路，攀上陡峭之徑，直到最後那日
當然，我相信你會這樣做，在此先向你致謝

하나의 고백

내가 당신을 알기 전부터 당신은 이미 나를 알고 계셨군요
내가 당신을 바라보기 전부터 당신은 이미 나를 보고 계셨군요
내가 당신을 선택한 줄 알았는데 당신이 먼저 나를 선택해주셨군요

나와 함께 걷고 나와 함께 멈추고 나와 함께 잠들고 나와 함께 아프고
나와 함께 달리고 숨이 가쁘고 드디어 나와 함께 어푸러진 당신
다만 내가 당신을 눈치채지 못했을 뿐입니다

나의 앞이 아닙니다, 멀찍이 뒤도 아닙니다
바로 옆자리, 아니 나의 안에 들어와 당신은 나와 함께 숨 쉬고 있었습니다
당신이 나였고 내가 또 당신이었습니다

아 고마우셔라 앞으로도 당신 나와 함께
어려운 길 가고 벅찬 길 오르고 마지막 날까지 그러시겠지요
물론 그래주실 줄 믿고 미리 감사드립니다.

首爾之漠

서울 사막

首爾是一片沙漠　　　　　　서울이 사막이다
不對　　　　　　　　　　　아니다
我住的鄉下，也是一片沙漠　내가 사는 시골도 사막이다

打開地圖看看吧　　　　　　지도를 펼쳐놓고 보아라
這片沙漠越來越廣　　　　　점점 사막이 넓어진다 그런다
我的心更是另一片荒漠　　　내 마음이 더 사막이다

我今天也提著水瓶　　　　　나는 오늘도 물병을 들고
在街上徘徊　　　　　　　　거리를 헤매고
漂泊於心中的荒原砂路　　　내 마음의 모랫길을 떠돌았다.

254

回心轉意　　　　　　회심

年輕時
認為雙腿漂亮的女子
內心也善良大方
但活著活著才發現即使女子雙腿不美麗
也有一顆溫柔美麗的內心
上了年紀
真是好事

젊어서는
발이 예쁜 여자가
마음이 예쁜 여자라고 생각했다
살다보니 발이 예쁘지 않은 여자도
마음씨가 고운 여자가 있었다
나이 먹기를 잘했구나
싶었다.

地球爺爺

人們病痛時
不只有人會感到難受
樹木或草葉也難受
鳥兒或白雲也難受
風兒，甚至天空也難受
最後連地球也感到痛苦
不舒服嗎？很難受嗎？
對，好難受，好不舒服
此時的人們
思索地球的感受
地球是活了好久年歲的爺爺
人類折磨您
您一定很煎熬吧
甚至還發出悲鳴
心疼之餘，握住他的手
您很難受嗎？很痛苦嗎？
原來如此，我也很難受

지구 할아버지

사람이 아플 때
사람만 아픈 것이 아니라
나무나 풀들도 아프고
새들이나 흰 구름도 아프고
바람이나 하늘까지 아프다
끝내는 지구도 아프다
아프냐? 많이 아프냐?
네 아파요 많이 아파요
그럴 때 사람은
지구의 마음을 짐작한다
지구는 오래 살아 할아버지다
사람들이 괴롭혀서
많이 앓고 계시는구나
신음까지 하고 계시는구나
그 마음에 가서 악수한다
아프서요? 많이 아프서요?
그래그래, 나도 많이 아프단다.

一人教會　　　　일인 교회

一名牧師　　　　목사 한 사람에
一名教友　　　　신도 한 사람

牧師自己　　　　목사 자신이
也是信徒　　　　신도이기도 한

一間屋子　　　　방 한 칸짜리
小屋教會　　　　오두막집 교회

沙漠礫地間冒出的　사막의 모래밭에 솟아난
鮮紅鬱金香　　　붉은 튤립꽃.

撒旦存在嗎？

撒旦存在嗎？
若有將是什麼模樣？
他如何接近人類？

首先，有的
撒旦的確存在
並非有著兇惡或令人髮指的面貌
而是擁有漂亮又單純，惹人憐愛的面貌
因此問題來了
撒旦終究是撒旦
他用盡方法欺騙人類

他有時成為一名家族成員
摯友或芳鄰
甚至化為你的戀人

當他接近時，無人發覺
當他停留時也無人知曉
當他離開好一陣子後，才睜大雙眼
驚醒
原來你是撒旦！

但已太遲
被欺瞞之後才明白

聰明的人
在撒旦第二次接近時
將能察覺
對付他的唯一方法就是躲避
與隱藏
等待他離我遠去的那天
沒錯
撒旦宛如颱風
肆虐你我的人生

不過更可怕的是
我可能是他人生命的
撒旦！
我可能是家人、朋友、鄰居
甚是戀人的撒旦
進入他們的生命之中
這是多麼可怕的事

사탄은 있는가

사탄은 있는가?
있다면 어떤 모습인가?
어떻게 다가오는가?

일단은 있다
사탄은 있다
아주 무서운 모습이거나 징그러운 모습이 아니고
아주 예쁘고 상냥하고 안쓰럽기까지 하다는 데에
문제가 있다
그래서 사탄이 사탄이다
그렇게 사람을 속인다

가끔은 가족의 일원으로 오고
정다운 친구나 이웃으로 오고
애인의 모습으로도 온다

올 때는 모른다
와서 머물 때도 모른다
그가 떠난 뒤 한참 만에 아차, 하면서
깨닫게 된다
그래 바로 네가 사탄이었구나!

하지만 이미 늦은 때
속고 만 뒤이고 당하고 만 뒤이다

보다 현명한 사람은
두 번째 사탄이 다가올 때
그것을 알아본다
유일한 방법은 피하는 길이다
숨는 것이다
그가 나를 지나갈 때까지 기다리는 것이다
맞다
사탄은 마치 태풍과 같이
우리들 인생을 밟고 지나간다

그러나 더 무서운 것은
내가 누군가의 인생에
사탄이 될 수도 있다는 것!
나의 가족에게 친구나 이웃에게
심지어 애인에게 사탄으로
갈 수 있다는 것이다
그것이 무서운 일이다.

尖刺

今天當我在處理園藝時被花刺扎傷了，儘管雙手戴上園藝用的棉紗手套，還是被刺傷了兩次，那是根細小透明的花刺。大約去年的時候，我戴著手套處理俗稱百年草的仙人掌，針刺也扎在手套上，最後刺傷了手指，那是根以肉眼難以辨明、難以拔除的刺，足以使人心煩又發疼的尖刺。

看著被尖刺扎得發疼的手，我心想自己難道未曾像這根刺，成為使他人心煩又造成傷害的尖刺嗎？我在世上活了這麼多個年頭，真的沒有這種時刻嗎？首先，小時候，我在窮困的家庭中長大，用餐時，我們皆圍在小圓桌邊，看著彼此的臉色斟酌夾到碗裡的飯菜，晚上就寢時，我們四五個兄弟姐妹共同蓋一張棉被，我對弟妹們而言該是多麼礙人的尖刺。抱歉、抱歉，這位年長的哥哥對你們抱歉，我對你們磕頭致歉。

在漫長的教職生活中，我對那些學生們，又是多麼厭人的尖刺呢？與妻子的結婚歲月裡，我又成為過多少次的尖刺呢？在育養兩個孩子的生活裡，我又曾壓迫他們多少遍呢？抱歉、抱歉，我錯了。對不起，老婆，我錯了。還有孩子們啊，爸爸錯了。我獨自向不在眼前的妻子、學生與子女們頻頻低頭道歉。

가시

오늘 또 꽃밭 작업을 하다가 가시에 찔렸다. 작업용 실장갑을 끼고 일을 했는데 두 번이나 가시가 손가락을 찌르는 거였다. 아주 가늘고도 투명한 가시다. 지난해던가 이 장갑을 끼고 백년초라는 선인장을 다뤘는데 그때 장갑에 가시가 박혔다가 다시 내 손을 찌른 것이다. 잘 보이지도 않고 잘 빠지지도 않는 가시. 사람을 십상 성가시게 하고 아프게 하는 가시.

가시에 시달리면서 생각해본다. 나도 지금까지 누구에겐가 이렇게 성가시고 아픈 가시가 된 일은 없었을까? 살아온 날이 많으니 왜 그런 일이 없었을까. 우선 어려서 가난한 집에서 자랄 때 두레상에 둘러앉아 서로 눈치 살피며 밥을 먹었고 밤에도 이불 한 장으로 네다섯 형제가 덮고 잤으니 어린 동생들에게 내가 얼마나 많은 가시를 주었을까. 미안하다. 미안했다. 늙은 형이 미안했고 늙은 오빠가 잘못했다. 형제들에게 머리 조려 잘못을 빌어본다.

교직생활도 길고 가르친 제자들도 많으니 제자들에게는 얼마나 많은 가시를 주었을까? 또 아내와 결혼해 살면서 이내에게는 또 얼마나 많은 가시를 주었을 것이며 아이 둘 낳아 기르면서 아이들에게는 또 얼마나 많은 무리를 했을까. 미안하다. 미안해. 내가 잘못했다. 미안해요. 여보 내가 잘못했어요. 그리고 아이들아, 너희들에게도 애비가 잘못했다. 눈앞에 있지도 않은 아내와 제자들과 자식들에게 머리 주억거리며 빌어본다.

愛世界的方法

世界的所有事物

屬於懂得欣賞的人

懂得欣賞的人是世界的主人

並且是屬於替事物著想的人

屬於愛惜事物的人

在某天，選定一株樹木，聚精會神

凝望那株樹

那麼樹木也會回望著你

逐漸成為你的事物

不，那株樹木

將會愛上你

放眼望向那條江河吧

欣賞山陵，平視田野

同時將他們納入胸懷

如此一來，所有事物將屬於你

替你設想

疼愛你

倘若今晚被漆黑包圍

抬頭仰望夜空的星

尋找一顆星，不游移視線朝它望去

不斷端詳它、想著它、思念它

那麼那顆星，也會開始望向你

替你設想

最後疼愛你

세상을 사랑하는 법

세상의 모든 것들은

바라보아주는 사람의 것이다

바라보는 사람이 주인이다

나아가 생각해주는 사람의 것이며

사랑해주는 사람의 것이다

어느 날 한 나무를 정하여 정성껏

그 나무를 바라보라

그러면 그 나무도 당신을 바라볼 것이며

점점 당신의 것이 될 것이다

아니다, 그 나무가 당신을

사랑해주기 시작할 것이다

더 넓게 눈을 열어 강물을 바라보라

산을 바라보고 들을 바라보라

나아가 그들을 가슴에 품어보라

그러면 그 모든 것들이 당신의 것이 될 것이며

당신을 생각해주고

당신을 사랑해줄 것이다

오늘 저녁 어둠이 찾아오면

밤하늘의 별들을 우러러보라

나아가 하나의 별에게 눈을 모으고

오래 그 별을 생각해보고 그리워해보라

그러면 그 별도 당신을 바라보기 시작할 것이며

당신을 생각해줄 것이며

드디어 당신을 사랑해줄 것이다.

錯誤認知

這一輩子做錯太多事
存在著說自己人生失敗，下輩子
一定要好好過活的人
但是啊，這是錯的
這是錯誤的想法

我們有了這輩子，並不代表
還有下輩子
即便真的存在，那這輩子
也是此生僅有一次的人生
而下輩子也是
僅有一次的人生

無論哪個人生，都是第一次
也是最後一次
絕無僅有的
人生
哎，那些都是騙術

請別欺騙人
也請別被欺騙了
別安慰你自己
即使已經來日不長
都是最珍貴且美麗的人生
值得感激到說膩嘴的人生

그것은 실수

이번 생은 무언가 많이 잘못되고 꼬여
실패라고 말하고 다음 생은
꼭 잘 살아보겠다고 말하는 분들 계시군요
그러나 아차, 그것은 실수입니다
잘못하는 생각입니다

이번 생이 있고 다음 생이
있는 게 아닙니다
정말 있다면 이번 생은
이번 생으로 한 번뿐인 생이고
다음 생은 또 다음 생으로
한 번뿐인 생입니다

어떠한 생이든 최초의 생이고
마지막 생이고
오직 유일무이한 한 번뿐인
생이란 이야깁니다
아차, 그것은 속임수입니다

속지 마십시오
속이지 마십시오
자신을 달래지 마십시오
아무리 조금 남은 인생일지라도
그것은 소중하고 아름다운 인생이며
진저리 치도록 감사한 인생입니다.

地球村

再等待一會兒
再忍耐一些時刻
只要耐心等待
好日子將會到來
一切終將過去

嘴上說著這些話
但我們無法靠著彼此的背
也無法給予擁抱
但我們仍留著一口氣
仍能感受溫度

只是現在我們
無法
發出聲音大聲哭泣

지구촌

조금만 기다려보자
참아보자
기다리고 참다보면
좋아지는 날이 올 거야
이것도 끝내는 지나갈 거야

말은 그렇게 하지만
서로 등을 기대고
안아주지도 못한 채
아직도 숨결이 남아 있네
온기가 남아 있네

지금 우리는
소리 내어
울지도 못한다.

四月二號

최근的花兒，越來越沒有耐心
以前開花時期
花兒們需要躊躇許久
現在真的能開花了嗎
它們左顧右盼，看著彼此的臉色
忍呀忍，最後才盛開自己
然而最近的花兒，全然不見這番跡象
甚至不見一絲的猶豫
我要當第一個，我要率先開花
縱身躍下懸崖
赤身投進空中
今天是四月二日
公州的櫻花滿開了
這是前所未見的事

사월 이일

꽃들이 참 많이 참을성이 없어졌다
예전의 꽃들은 꽃을 피워도
오랫동안 망설이면서
이제 꽃을 피워도 될까요
두리번거리면서 눈치를 살피면서
참고 참았다가 꽃을 피웠는데
요즘의 꽃들은 도통 그런 기색이 없다
아니 그럴 생각이 애당초 없다
내가 제일이다 내가 먼저 꽃을 피워야지
절벽에서 뛰어내리듯
허공에 알몸 던지듯 핀다
오늘은 사월 이일
공주에 벚꽃이 만발
예전에는 전혀 없던 일이다.

向陽農場　　　　　　　　양지 농원

雲邊有座山丘　　　　　　　구름 위에 언덕 있네
小牛和牛媽媽玩耍的　　　　송아지와 엄마 소가 놀고 있는
綠色山丘　　　　　　　　　초록색 언덕

牛媽媽用牛角　　　　　　　엄마 소가 흰 구름을 뿔로
支撐白雲　　　　　　　　　떠받치고 있네
小牛以為　　　　　　　　　송아지는 흰 구름이
白雲是棉花糖，伸舌舔舐　　솜사탕인 줄 알고 핥아먹네

身穿白色襯衫的　　　　　　새하얀 와이셔츠 차림의
大學男生、女生們　　　　　남자 여자 대학생들
捲起袖口至一半　　　　　　반쯤 소매를 걷어 올린 채
爬上那座山丘　　　　　　　언덕을 오르네

越過山丘的某處　　　　　　언덕 너머 어디쯤
有座草莓田　　　　　　　　딸기밭이 있다기에
天上的白雲走下來　　　　　하늘의 흰 구름 내려와
尋找結實成果的草莓田　　　딸기가 된 딸기밭 찾아.

沙漠詩集	사막 시집
現在	이제 사막을
無須	그리워하지 않아도
眷戀沙漠	좋을 것 같다
現在	이제 사막을
無須	찾아가지 않아도
尋覓沙漠	좋을 것 같다
我的心	내 마음에 이미
已有沙丘	모래밭 있고
已有沙風，也有綠洲	모래바람 오아시스 있고
不僅如此，還有駱駝	뿐더러 낙타도 있고
也有騎乘駱駝的人	낙타를 모는 대상들 있고
更將有海市蜃樓	신기루까지 있을 테니까.

幸會

明後天就是中秋
濟民川的水邊沒有鴨子

沒有來看鴨子的
孩子
也沒有跟在孩子身邊的大人

真落寞
大家都回家過中秋了嗎？
那麼也沒有
魚兒嗎？

有的，有幾條魚兒
在秋天清澈冰涼的水間
自在悠游
魚兒啊，幸會

반갑다

내일모레가 추석
제민천 물가에 오리들 없다

오리 구경하러 온
아이들 없고
아이들 따라온 어른도 없고

쓸쓸하다
모두가 추석 명절 보내러 갔나?
그렇다면 고기들도
없을까?

있다 고기들은 있다
가을 맑고 찬 물에
헤엄치며 잘도 논다
고기들이 반갑다.

讚許陽光

今天是難得的休假日
雖然想賴床
但太陽好燦爛
天空好澄淨
不能錯過
我騎著腳踏車出門

看看那明亮耀眼的太陽
彷彿融化心頭
看看那又高又藍的清澈天空
彷彿洗淨內心

這是宇宙贈予的禮物
也是地球贈予的禮物
若要說是因為新冠肺炎
才能享受的幸運
就太無情了

儘管想著這是陽光施予的恩惠吧
它讓稻田的稻穗成熟

讓果園的水果熟透
這是它偉大的寓意

陽光之下，天空之下
健康成長的孩子們
雙手與雙腿
我們充滿力量的手腳

讚許陽光吧
讚許天空吧
因此我
騎著腳踏車出門

햇빛을 찬양

오늘은 모처럼 쉬는 날

낮잠이라도 자고 싶지마는

햇빛이 너무 밝고

하늘이 너무 맑아

차마 그럴 수 없어

자전거 타러 나왔다

저 밝고 그윽한 햇빛 좀 봐

마음이 다 녹아날 것 같네

저 높고 푸르고 그윽한 하늘 좀 봐

마음이 다 빨려 올라갈 것 같네

이것은 우주가 주시는 선물

이것은 또 지구가 주시는 선물

코로나19 때문에

누리는 행운이라 말하면

너무나 그것은 야속해

그냥 햇빛이 주시는 은혜라 생각하자

볏논에 벼들을 익게 하고

과일밭에 과일들을 익게 하시는

그 크신 뜻이라 여기자

햇빛 아래 하늘 아래

건강하게 자라는 우리 어린것들의

팔과 다리

힘이 살아나는 우리들의 팔과 다리

햇빛을 찬양하자

하늘을 찬양하자

그래서 나는

자전거 다리 나왔단디.

回家之路	돌아가는 길
寺院前 合起掌	절간 앞에서 두 손 모으고
朝佛祖 敬拜的母親	부처님 앞에서 기도하는 엄마
孩子 看見母親的模樣	엄마를 본 뒤 아기는
也朝花兒 敬拜	꽃한테도 절하고
也朝樹木 合掌	나무한테도 두 손 모은다
雲彩瞧見他 也笑開了	흰 구름이 보고 웃어준다.

獨院　　　　　外딴집

寂寞先走一步　　　　　외로움이 한발 먼저 가
去那兒等待　　　　　　기다리고 있었다

因為無聊　　　　　　　혼자서 심심해
種下花朵　　　　　　　꽃을 피워놓고

雞冠花、紫花茉莉　　　맨드라미 분꽃
枯萎的野菊　　　　　　시든 구절초

曬著陽光，獨自　　　　햇빛 아래 혼자
笑得很開心　　　　　　웃고 있었다

我也要前去他的身邊　　나도 그 옆으로 가서
種下一朵花　　　　　　꽃 한 송이 피우고

滿心期待　　　　　　　다음에 올 너를
你的到來　　　　　　　기다려봤음 좋겠다.

遇見天使的日子

氣溫忽然驟降
拿出冬日的厚外套,並且戴上帽子
掛上口罩
騎著腳踏車出門

兩位小女生迎面走來
其中一名孩子說
您好
朝我彎腰問候

我也同她,妳好啊
將把手轉向,繞過她們
爾後有些困惑,轉頭一望
另外一名孩子
問那名孩子

他是誰,妳怎麼向他打招呼?
對於那孩子的提問
雖然聽不清另一名孩子的回答
我仍不停踩著踏板
心情愉快

是的,我今天遇見了一名天使
即使今天有難過的事發生
也別太難過才行

천사를 만난 날

갑자기 날씨 쌀쌀해져
겨울 외투 꺼내 입고 모자를 쓰고
마스크까지 하고서
자전거를 타고 가는데

마주 오던 여자아이 둘
그 가운데 한 아이가
안녕하세요? 꾸벅
인사를 한다

나도 아이를 따라서 안녕? 하면서
자전거로 비켜 가다가
아무래도 이상하여 뒤를 돌아보았더니
같이 가던 한 아이기
인사한 아이에게 묻는다

누구야? 누군데 인사해?
그 아이 묻는 말에
무어라 대답했는지 듣지는 못했지만
계속해서 페달을 밟으면서
기분이 좋았다

그래, 오늘 나는 천사 한 사람을 만났다
비록 오늘 속상한 일이 있다 하여도
너무 많이는 속상해하지 말아야지.

愚笨

在兩千年前的耶穌
曾說過最淺顯易懂的教誨

凡事謝恩
常常喜樂
寬恕他人

這些箴言太過簡單
即使過了兩千年，直到現在
人類也仍未學會

어리석음

이천 년도 훨씬 전에 예수님
너무 쉽게, 알아듣기 쉽게 하신 말씀

감사하면서 살아라
기뻐하면서 살아라
용서하면서 살아라

그 말씀 너무 쉬워서
이천 년을 두고 저희들 아직도
깨닫지 못하고 삽니다.

為詩祈禱

撫慰疲憊的人
治癒傷痛的人
提振沮喪的人
盼望我的詩句能成為禮物

帶給憂鬱的人開朗
帶給失望的人希望
帶給氣憤的人釋懷
我真心盼望我的詩能成為替代品

上天啊，蒼空啊
那將會有多好！

시를 위한 기도

지친 사람에게 위로를
앓는 사람에게 치유를
시든 사람에게 소생을
나의 시가 선물할 수만 있다면

우울한 사람에게 명랑을
실망한 사람에게 소망을
화난 사람에게 평안을
정말로 나의 시가 대신할 수만 있다면

하느님 하나님
얼마나 좋을까요!

詩的起點

住在深山村落的孩子
住在孤島村落的孩子
甚至是，住在城市裡的幽暗巷弄
矮小房屋裡的孩子

當他獨自行走時
邊走邊看著雲朵，聆聽鳥鳴時
無聊地哼起歌時
戴上耳機聽音樂時
被孤獨包圍
覺得世上無人了解自己
無時無刻想哭泣時

那才是文學真正被需要的時刻
尤其是最易貼近人心的詩詞
短短幾句文字是那孩子的
朋友、鄰居
談天的對象
親密的情人

於是那孩子的內心
讓詩詞，讓文句
成為綠意盎然的
早春田野

最後，某處吹來一陣風
孩子的胸口柔軟綻放
冒出嫩綠的枝椏，開始顫動
要開始了
那即是文學的起點
詩的起點

시의 출발

산골마을에 사는 아이
외로운 섬마을에 사는 아이
더러는 도회지 그늘진 골목길
키 낮은 집에 사는 아이

혼자 길을 갈 때
길을 가며 흰 구름 보고 새소리 들을 때
심심해서 콧노래 부를 때
리시버 귀에 꽂고 음악을 들을 때
외로워 쓸쓸해 세상에 아무도
알아주는 사람 없어
때 없이 울컥 울고만 싶을 때

그때에야만 정말로 문학은 필요하다
더욱 시가 가까이 마음에 다가앉는다
몇 줄의 문장은 그 아이에게
친구가 되어주고 이웃이 되어주고
이야기 상대가 되어주고 애인을
대신해주기도 한다

그리하여 그 아이의 가슴은
시로 하여 문장으로 하여
새롭게 초록이 살아나는 이른 봄의
들판이 될 것이다

비로소 어디선가 바람이 불어오고
그 아이의 가슴은 야들야들 피어나는
연둣빛 새 잎새가 되어 파들거리기
시작할 것이다
거기서부터가 문학의 출발이고
시의 출발이다.

樹木   나무

一年一度   일 년에 한 차례씩
太陽下來   태양이 내려와
彎腰後再挺立   허물었다 다시 세우는

月光與星辰   달빛과 별빛이
也幫忙，再次挺立後 거들어 또다시
彎腰   세웠다가 허무는

天空的神殿   하늘의 신전
天空的寶剎   하늘의 사탑
秘密的宮殿   비밀 궁전

成為風的樂音   바람의 노래가 되고
成為鳥的居所   새들의 집이 되고
成為雲朵的朋友   구름의 친구가 되는

我也想如同你   나도 당신을 닮아
善良地活著   선하게 살다
請讓我回到初始之地 돌아가게 해주세요

是否要雙掌合十   두 손 모아
敬拜你呢   경배드릴까 한다.

勿忘　　　　　잊지 말아라

只要現在想著　　　　　다만 지금 누군가 너를

有人在思念你　　　　　생각하는 사람이 있다고 생각해보아라

彷彿再次感受到活著的意義　　세상 살맛이 조금씩 돌아올 것이다

只要現在想著　　　　　다만 지금 누군가 너를 위해

有人為你祈禱　　　　　기도하는 사람이 있다고 생각해보아라

這個世界就會更加溫暖　　세상이 좀 더 따스하게 느껴질 것이다

只要現在想著　　　　　다만 지금 누군가 너를 위해

有人替你哭泣　　　　　울고 있는 사람이 있다고 생각해보아라

世界好像變得更燦爛了　　세상이 갑자기 눈부신 세상으로 바뀔 것이다

或許你也會　　　　　어쩌면 너도 누군가를 위해

為某人祈禱　　　　　기도하는 사람이 되고

與他流淚　　　　　함께 울어주고 싶은 사람이

也說不定　　　　　될지도 모를 일이다.

春   봄

無須理由	이유가 따로 있는 건 아니다
僅因為是春天	그냥 봄이 봄이니까
因為花兒盛開了	꽃이 피어나는 거다
無須原因	까닭이 또 있었던 것도 아니다
僅因為我是一株草	그냥 제가 풀이니까
冒出嫩芽罷了	새싹을 피우는 거다
你是美麗的生命	다만 너는 어여쁜 생명
我也仍在呼吸	나도 아직은 살아 있는 목숨
當我們彼此相望時	둘이 마주 보면 더러
會開出花	꽃으로 피어나기도 하고
也會冒出芽	잎으로 자라기도 하는 것이다.

埋入霧中

안개 속으로

早上在江邊散步
現在已非快步
而是緩慢的步伐

아침마다 강변길을 걷는다
이제는 빠르지 않은
느릿한 걸음

江邊一到早上，雲霧
就會比我早到，迎接我
在身邊繞來繞去

강변길엔 아침마다 안개가
나보다 먼저 마중 나와
서성이곤 했다

不遠處，走在前方的
背影，是誰？
直到最後
也未看清面貌的人

저만큼 앞장서서 가는
사람의 뒷모습은 누군가?
끝내 앞모습을
보어주지 않는 사람

在晴朗的天來到江邊
沒有人，反倒是樹木們
羅列杵在一旁

맑은 날 강변길에 나가보니
사람들 대신 나무들이
줄을 지어 서 있었다.

懇求   간구

上帝使無生有   없는 것도 있게 하고
使有化無   있는 것도 없게 하시는 하나님

只不過   다만 저에게는
請應許我   이렇게 하옵소서

有之恆在   있는 것만 있게 하고
無之永空   없는 것은 없게 하라.

寂寥　　　　　　　　적막

電話聲響起　　　　　　전화벨이 울린다
無人接聽　　　　　　　아무도 받지 않는다
電話聲再次響起　　　　다시 전화벨이 울린다
仍無人接聽　　　　　　다시 받지 않는다
電話再響　　　　　　　또 전화벨이 울린다
依舊無人接聽　　　　　또 받지 않는다

那一次次的電話　　　　그 모든 전화벨 소리를
我都聽見　　　　　　　나는 듣고 있다
即使電話響了　　　　　전화벨이 울려도
也不接電話的　　　　　전화를 받지 않는
那些人　　　　　　　　모든 사람들을
我都知道　　　　　　　나는 알고 있다

即使電話響了　　　　　전화벨이 울려도
也不接的人　　　　　　받지 않는 사람들은
都有其原因！　　　　　모두 까닭이 있다는 것!

扶起　　　　　　　　　　일으켜 세웠다

每年送冬	해마다 겨울 가고
迎春時	봄이 오려면
我的身體都會病痛不適	나는 몸이 아프다
我抱著疼痛的身軀，走向花田	아픈 몸으로 꽃밭에 나가
將花田的落葉，以及冬季	꽃밭의 낙엽이며 겨울 동안
堆疊的殘枝枯木清掃乾淨	쌓인 찌꺼기들을 치우며
並且在花兒耳邊輕聲細語	꽃들에게 속삭인다
該起床了	이제 일어날 때야
該醒來了	잠에서 깨어날 때야
接著花兒	그러면 꽃들이
會緩緩發出嫩芽	천천히 싹을 내민다
今年我也一如往常	올해도 그렇게 나는
扶起這些花兒	꽃들을 일으켜 세웠다
我扶起的花兒們也	내가 일으켜 세운 꽃들이 또
扶起了我	나를 일으켜 세웠음은 물론이다.

短句 　　　　짧은 말

好想你　　　　　　　　보고 싶다
好漂亮　　　　　　　　예쁘다
對不起　　　　　　　　미안하다
在喃喃自語的片刻裡　　중얼거리는 사이 그만
春天都逝去了！　　　　봄이 지나가버렸다!

若要嘟噥　　　　　　　그 세 마디
這三句話　　　　　　　다시 중얼거리려면
至少要認真熬過一年　　적어도 일 년은 잘 버티며
好好活著才行　　　　　살아 있어야 하겠다.

金提平野

走得喘時，停下腳步
走得想休息時
挖一座水坑
或堆一座圓圓的沙丘

浸潤平野的
母親，母親的手啊
散發乳水味的裙襬啊

東津江萬頃寬廣的金提平野
母親懷中的愛啊
濛濛細雨
灰霧的天空下
發出芽的樹兒、草兒啊

你們有福了
願平安與愛意充滿你們

김제 평야

가다가 숨이 차면 멈추고
가다가 쉬고 싶으면
물웅덩이 하나 만들고
더러는 둥그런 모래언덕도 이루고

들판을 적시며 가시는
어머니여 어머니의 손길이여
비린내 가득 치마폭이여

동진강 김제 만경 너른 들
어머니의 가슴 사랑이여
자욱히 안개비 오다가 말다가
가라앉은 잿빛 하늘 아래
새로 움트는 풀이여 나무여

축복 있을진저 너희들에게도
넘치는 평화와 사랑 있으라.

摔破膝蓋

我今天又摔破了膝蓋
自小時候，好幾次
總是如此
騎著新買的電動腳踏車
行經斜坡時
與自行車一同跌落在地
幸好陌生的自行車
事前叮嚀我要小心
我用左手掌撐地
因此僅有右腳膝蓋破皮
滲出些微鮮血
啊，原來我還是
會流血的人
我馬上立起自行車
看著膝蓋上帶血的傷口
我反而有些安心

原來，這次地球也
接住了我，使我安穩落地了
存在於無形之中的那一位
用祂巨大且神聖的手
接住、保護了我
我朝看不見的地球
朝著看不見的祂
低頭致謝
謝謝，感激不盡

무릎을 깨고

오늘 또 무릎을 깨먹었다
어려서부터 오래, 여러 차례
하던 짓이다
새로 산 전기자전거를 타고
비탈길을 내려가다가 그만
자전거와 함께 널브러진 것이다
낯선 자전거가 나에게 조심하라고
미리 겁을 준 셈인데 다행히
왼손바닥을 짚고 넘어지는 바람에
오른쪽 무릎만 깨져 피를 좀
흘린 것이다
아, 내가 아직도 피를 흘릴 줄
아는 사람이구나
자전거를 바로 세우고 무르팍의
피를 보았을 때 나는
의외로 안도의 숨을 쉬었다

아, 이번에도 지구가
나를 받아서 곱게 안아주신 거구나
누군가 보이지 않는 분의
커다랗고 거룩한 손이 나를
받아서 보호해주신 거로구나
나는 보이지 않는 지구에게
보이지 않는 그분에게
고개 숙여 인사를 드렸다
고맙습니다, 감사합니다.

雛菊

我沒想過

自己是如此愛花的人

人生第一次踏上的外國，英國

倫敦南方的村莊

有間名為薩賽克斯的大學

花園間

開滿了雛菊

與翠綠草地共生共存

如同天上燦爛的銀河

傾瀉而下的羊群

盛開著皎潔燦爛的花瓣

此花的名字，也是當時

一名英國教授告訴我的

雛菊，雛菊花

那是我第一次發現

與花相遇時，心頭湧上的澎湃感受

也再次明白

我是如此深愛花兒

데이지꽃

내가 그렇게 꽃을 좋아하는
사람인 줄 나도 몰랐지
난생처음 찾아간 나라 영국
런던에서도 남쪽 마을
서섹스대학이란 곳
정원에 피어 있는 꽃
데이지꽃
잔디밭 잔디와 어우러져
마치 하늘의 은하수 별 개천이
몽땅 쏟아져 내려온 양
새하얗게 눈부시게 피어 있었지
꽃 이름도 그때
영국 교수가 알려줘 알았지
데이지, 데이지꽃
꽃을 만나고 나서 가슴이 뛴다는 걸
처음 알았지
내가 꽃을 그렇게 좋아한다는 걸
다시금 깨달았지.

國家圖書館出版品預行編目(CIP)資料

別太努力做到好/羅泰柱作 ; 莫莉譯. -- 初版. -- 臺北市 : 臺
灣角川股份有限公司, 2023.06
　面 ;　公分
　譯自：너무 잘하려고 애쓰지 마라
　ISBN 978-626-352-624-2(平裝)

862.57　　　　　　　　　　　　　　　112005538

別太努力做到好
너무 잘하려고 애쓰지 마라

作　　者　羅泰柱
譯　　者　莫莉

2023 年 6 月 22 日 初版第 1 刷發行

發 行 人　岩崎剛人
副 總 監　呂慧君
編　　輯　黎虹君
美術設計　吳乃慧
印　　務　李明修（主任）、張加恩（主任）、張凱棋

🌀 台灣角川

發 行 所　台灣角川股份有限公司
地　　址　104470 台北市中山區松江路 223 號 3 樓
電　　話　(02) 2515-3000
傳　　真　(02) 2515-0033
網　　址　http://www.kadokawa.com.tw
劃撥帳戶　台灣角川股份有限公司
劃撥帳號　19487412
法律顧問　有澤法律事務所
製　　版　尚騰印刷事業有限公司
I S B N　978-626-352-624-2